KB072305

Si Tú Me Dices Ven Lo Dejo Todo Pero Dime Ven
Copyright © Albert Espinosa, 2011
Copyright © Random House Mondadori, S.A., 2011
All rights reserved.

Korean Translation Copyright © 2015 by Sam & Parkers, Co., Ltd.
Korean edition is published by arrangement with Random House Mondadori S.A.
through Imprima Korea Agency

이 책의 한국어판 저작권은 Imprima Korea Agency를 통해
Random House Mondadori S.A.와의 독점 계약으로 쌤앤파커스에 있습니다.
저작권법에 의해 한국 내에서 보호를 받는 저작물이므로 무단전재와 무단복제를 금합니다.

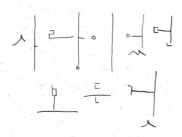

알베르트 에스피노사 장편소설 | 변선희 옮김

BAKHA PUBLISHERS

사랑이었던 모든 것

2015년 5월 27일 초판 1쇄 발행

지은이 · 알베르트 에스피노사
옮긴이 · 변선희

펴낸이 · 이성만
편집인 · 정해종

책임편집 · 정상태
마케팅 · 김명래, 권금숙, 김석원, 최민화, 조히라
경영지원 · 김상현, 이윤하, 김현우

펴낸곳 · 박하
출판신고 · 2006년 9월 25일 제406-2012-000063호
주소 · 경기도 파주시 회동길 174 파주출판도시
전화 · 031-960-4800 | 팩스 · 031-960-4806 | 이메일 · info@smpk.kr

ⓒ 알베르트 에스피노사 (저작권자와 맺은 특약에 따라 검인을 생략합니다)
ISBN 978-89-6570-254-2 (03870)

남과 다른 삶을 살기를 원하는 사람들에게.
그리고 남과 같은 삶을 살라고 말하는 사람들에
맞서 싸우는 모든 사람들에게.

2010년 여름
공기, 바다와 땅의 도움으로……

메노르카, 이비사, 레스칼라, 카브릴스,
바르셀로나, 라스 풍골라스,
취리히와 헬싱키에서 씀

차례

네가 모든 답을 안다고 믿으면

우주가 와서 네게 모든 질문을 바꿔준다.

호르헤 프란시스코 핀토

1
네가 나에게 오라고 하면
다 버리고 갈 거야,
그러니 오라고 말해줘

그녀가 이 말을 했던 때가 마치 오늘 같다. "당신은 인생의 모든 면에서 행복해지고 싶지 않나요……? 당신은 당신이 원치 않는 것을 거부하고 싶지 않나요……? 남에게 끌려다니며 살기보다는 당신 인생의 주인공이 되고 싶지 않나요……?"

나는 대답하지 않았다.

그 대신 숨을 크게 몰아쉬었다. 콧김이 세차게 불었고, 희망 어린 미소 뒤로 나의 깨진 이가 드러났다.

그리고 나는 아무 말도 하지 않았다. 마음먹은 대로 되지 않는 인생을 몇 년 겪다 보면…… 서글프게도 결국 그런 상황에 익숙해진다.

그녀는 계속해서 말했다. "'네가 나에게 오라고 하면 다 버리고 갈 거야'라는 옛날 노래 알죠?"

나는 다시 침묵으로 그렇다고 대답했다. 말이 나오지 않았다. 감정이 복받쳐 올랐다. 목구멍에서 아무 소리도 나오지 않았다.

그녀가 말을 이었다. "난 항상 그 노래에 뭔가 빠진 게 있다고 생각했어요……. 내 생각엔 이렇게 고치는 게 맞아요. 네가 나에게 오라고 하면 다 버리고 갈 거야, 그러니 오라고 말해줘."

그녀는 마침내 나를 바라보았고, 지난 몇 년 동안 누군가 내게 해주기를 기다려온 세 가지 질문을 퍼부었다. "당신 인생의 주인이 되고 싶나요, 안 되고 싶나요? 매 순간 당신이 주인이 되고 싶나요, 안 되고 싶나요? 되고 싶지 않나요?"

나는 "네"라고 대답했다. 내 40년 인생에서 가장 크고 강한 목소리로 그렇다고 대답했다.

바로 몇 시간 전에 들었던 단호한 "아니요"라는 대답과 대조되는 "네"였다.

내가 그 "네"에 대해서 얘기하기 전에 여러분은 그전에 있었던 "아니요"라는 대답을 이해해야 한다. 그러지 않으면 아무 의미가 없을 뿐만 아니라 절대 아무것도 이해하지 못할 것이다.

따라서 여러분은 내 인생과 세상 보는 법을 바꿔놓을 이 노부인을 알기 전에 내게 무슨 일이 있었는지부터 꼭 알아야 한다.

2
'너를 사랑해'란 말만으로
만족할 수 없다

나는 두세 시간 전에 애인과 싸웠다. 그렇지만 최근 들어 다투는 일이 잦았기에 우리 사이에서 그렇게 특이하거나 심각한 일은 아니었다.

만일 누군가 우리를 보았다면 곧 헤어질 거라고 생각했겠지만, 우리에게는 그저 일상이었을 뿐이다.

오전 7시 반이었다. 곧 날이 밝아올 텐데 화해하려면 두 시간쯤 대화하고 20분 정도 섹스할 시간이 필요하다고 생각했다. 그런데 오늘따라 우리가 대화하고

16

섹스하던 시간이 마치 오래전에 경험한 일처럼 낯설게
느껴졌다.

커플과 그들만의 의식. 커플과 그들만의 코드.

모든 커플은 다투고, 섹스하고, 화해하고, 심지어 상
대를 비난할 때도 자신들만의 코드가 있다.

그러나 그날 그 코드는 깨졌고, 두 시간의 대화와 이
어지는 20분의 섹스도 없었다. 나는 나를 바라보는 그
녀의 눈빛이 평소와 다르다는 사실을 알아차렸다. 그
녀의 시선은 낯설었고, 한마디 말조차 없었다.

그녀는 나를 바라볼 때면 항상 말을 하곤 했는데, 그
것은 나를 황홀하게 만드는 그녀의 장점 중 하나였다.
아마도 내가 그녀와 하나가 되지 못했기 때문일 것이
다. 말 없는 그녀의 시선이 나를 완전히 얼어붙게 만들
었다.

그녀의 눈빛은 내게 이런 말을 하려는 것 같았다. '이
건 아니야……', '난 싸우는 데 지쳤어……', 아니면 '우
리는 서로 사랑하는데 대체 왜 이러지……' 그러나 지금
은 그저 나를 바라보기만 했다.

바로 그 순간, 그녀가 나를 그 이상하고 강렬한 눈빛으로 바라보는 동안 몇 달 전 춤 공연에서 들은 말이 떠올랐다.

그 공연은 프레디 머큐리를 비롯해 요절한 예술가들을 추모하기 위한 자리였다. 그게 아니라면 다른 의미의 행사였던 것 같은데, 기억이 잘 나지 않는다.

나는 춤을 좋아하지 않지만 움직이는 육체를 보는 걸 좋아하고, 안무가 있는 낯선 음악을 좋아한다. 또한 감성적 의미가 담긴 가사를 보면 아주 흥분된다.

그리고 그런 공연에 가면 때때로 그날처럼 심장에 꽂히는 비수 같은 말을 듣는다.

그날 밤, 대표 무용수는 현란한 몸짓과 유연한 동작을 하면서 열변을 토했다. "너희가 우리에게 사랑을 하라고 했지……. 전쟁이 아니라. 우리는 너희 말대로 했어. 그런데 왜 사랑이 우리에게 전쟁을 걸지?"

나는 그 말을 회상하면서 미소를 지었다. 내 애인은 나를 줄곧 뚫어지게 바라보더니 갑자기 내뱉었다.

"너를 떠나야 해, 다니."

떠나야 해…… 떠나야 해……. 그 의무감이 나를 관통했다.

내 머릿속에 영어로 번역된 그 단어가 떠올랐다. 늘 우아한 단어라고 여겨온 'must'. 그렇게 명확한 뜻을 가진 단어는 그리 많지 않다. 우리는 이런 단어를 사용할 때 자기 나름의 의미를 부여한다.

"떠나야 한다고?" 내가 물었다.

"떠나야 해."

다시 침묵이 흘렀다.

나는 그녀를 설득하려고 했다.

어떻게 해야 '너를 사랑해'라는 말을 가장 효과적으로 할 수 있을까? 모든 커플은 각자 그들 나름의 방법이 있다. 우리 방법은 함께 보았던 한 영화와 연관 지어 말하는 것이었다. 나는 그 영화를 몇 년 전 내 인생의 특별한 순간에 보았는데, 깊은 인상을 받았기에 그녀와 다시 한 번 보고 싶었다.

장 뤽 고다르의 멋진 영화 '네 멋대로 해라'였다. 벨몽도가 자신의 캐릭터를 그 영화보다 더 잘 드러낸 영화는 없을 것이다.

우리는 항상 차 안에서 그 장면을 재현했다. 차 안에서는 많은 이야기가 오고 갔다. 우리는 "너를 사랑해"라는 말을 딱 세 번만 했다. 단, 쉬지 않고 계속해서, 그 말을 들으면 무슨 충격이라도 받는다는 듯이.

그것이 우리가 "너를 사랑해"라고 말하는 방법이었다. 우리는 다투거나 긴장되는 순간마다 "너를 사랑해"라는 말을 연거푸 세 번 반복했다.

내가 먼저 "너를 사랑해"라고 하면 그녀가 다시 그 말을 하고, 끝으로 내가 한 번 더 한다. 때로는 그녀가 먼저 그 말을 시작하기도 했다. 그것은 누가 상대를 진정시켜서 사랑으로 이끌고자 하느냐에 따라 달랐다.

우리가 그 말을 자주 했던 것은 아니다.

뭔가 마법이 작동하려면 절체절명의 순간에 그 말을 해야 한다.

나는 그녀를 뚫어지게 바라보면서 그 순간이 바로 그러한 절체절명의 한 순간임을 그녀가 알아주기를 원했다.

"너 없인 살 수 없어." 나는 최선을 다해 장-폴 벨몽도 특유의 표정을 지으며 말했다.

하지만 그녀는 나를 바라보고 아무 말도 하지 않았다. 나는 다시 말했다.

"너 없인 살 수 없어."

그녀는 나를 다시 바라보았다.

그녀는 눈으로 거절하고 머리를 가로젓더니, 마침내 내 인생에서 지금까지 들은 말 가운데 가장 단호하게 "아니"라고 내뱉었다. 나는 그 "아니"라는 말이 너무 단호해서 모든 것이 끝났음을 직감했다.

아마 더 이상 소용없겠지만 "너를 사랑해"라는 말을 연달아 하지 않는 것은 이미 모든 게 끝났다는 분명한 표시였다.

나는 스킨십을 시도하려 했다. 내게 남은 마지막 방법이었다. 그녀에게 다가가려는데, 그녀는 내 몸이 닿기도 전에 나를 피했다.

그녀가 왜 내 곁을 떠나고 싶어 하는지를 설명해주는 이유가 무려 열다섯 가지나 될 수 있다는 사실을 알지만, 그중 한 가지 이유가 나머지 전부를 합친 것보다 더 중요했다.

그녀에게 왜냐고 물으려는 바로 그 순간, 긴급한 경우에만 사용하는 내 업무용 전화기가 울렸다.

그 전화를 받을지 말지 망설였다. 전화나 받고 있을 때가 아니라는 것과, 이런 상황에서 전화를 받으면 불난 집에 부채질하는 격이라는 사실을 알았기 때문이다. 그런데도 내가 왜 전화를 받았는지 나도 잘 모르겠다.

내가 "여보세요"라고 말하면서 전화를 받자마자 그녀는 우리 방으로 들어갔다.

바로 그때 내 스승 중 한 사람이 해준 조언이 생각났다. 그는 내가 편도를 떼어내는 수술을 받을 때 만났던 좋은 사람이다.

나는 내 고향에 있는 한 병원에서 그와 며칠을 함께 지냈다. 그를 잊고 지낸 지도 꽤 오래되었는데, 그녀가 내뱉은 "아니"라는 말이 다시금 그를 떠올리게 만들었다.

지금 여러분에게 그에 대한 이야기를 하려고 한다.

30년 전에 내가 그와 함께했던 시간을 알지 못하면 내가 왜 지금의 내가 되었고, 왜 그녀가 나와 함께 살려고 하지 않는지를 이해할 수 없기 때문이다.

지금의 내가 된 것은 바로 그 사람, 마르틴 아저씨 '덕분'이기도 하지만, 그의 '탓'이기도 하다.

그러나 내 기억이 과거로 돌아가기 전에, 언젠가 우리에게 '너를 사랑해'라는 의미였던 영화 속 구절의 그 삼중주를 되뇌어야 한다. 그녀가 우리 방의 물건을 전부 챙기면서 내는 이상한 소리를 배경음악처럼 들으면서 말이다.

"너 없인 살 수 없어……."

"살 수 있어."

"살 수는 있지만 그러고 싶지 않아."

그 말을 나 자신에게 부드럽고도 달콤하게 속삭였다.

그러나 "너를 사랑해"란 말만으로 만족할 수는 없다.

3
아무도 기다려주는
사람 없는 고독

마르틴을 처음 만났을 때 나는 열 살이었다. 그때 나는
편도를 떼어내려고 병원에 입원했고, 그는 폐 한쪽과
다른 쪽 반을 떼어내는 수술을 기다리고 있었다.

나는 잔뜩 겁먹고 그 병실에 들어갔는데, 그를 보자
마음이 좀 편안해졌다.

"내가 이 세상에서 제일 겁 많은 사람이라고 생각했
는데 너는 나보다 세 배는 더 많은 것 같구나. 널 보니까
내가 안심된다." 그는 내게 매우 진심 어린 투로 말했다.

그는 몸집이 매우 컸는데, 키는 약 2미터에 체중이 150킬로그램쯤 나갔다. 그의 모든 것은 거대했고, 아흔을 넘어선 얼굴 전체에는 회색 수염이 뒤덮여 있었다.

내가 만약 그 사람을 길에서 만났더라면 지레 겁먹었을지도 모른다. 하지만 병실에서 자신의 엉덩이도 잘 가려지지 않는 가운을 입은 그의 모습에는 악의가 전혀 없어 보였다.

우리 부모님은 내 입원 수속을 하러 갔고, 나는 그가 내 부모님을 만나지 못한 것이 기뻤다. 그때만 해도 나는 부모님을 부끄럽게 여겼기 때문이다.

그 거인에 맞서는 나의 커다란 동맹군은 간호사였다. 내게 별다른 관심을 보이지는 않았지만, 키나 몸무게나 나이 면에서 내가 좋아하는 기준에 들어맞았다.

그러나 거인과 나 사이의 방패는 내가 그 거대한 침대에 익숙해진 지 얼마 지나지 않아 사라져버렸다.

그래서 나는 이 매우 인상적인 사람 옆에 홀로 남겨졌고, 그와 함께 병실을 쓰게 되었다. 지금까지 그보다 내 인생에 더 큰 영향을 준 사람도 없었고, 그보다 더 가깝게 느껴진 사람도 없었다.

우리는 서로 말이 없었다. 그는 줄곧 나를 바라보았다.

처음 2분 정도가 가장 긴장되는 순간이었다. 그는 내 두려움을 눈치챘지만 나를 공격하려 들지는 않았다. 드디어 그가 먼저 침묵을 깼다.

"난 마르틴이야. 너는?"

그가 내게 손을 내밀었다. 나는 그 손을 잡을지 말지 망설였다.

내 부모님은 낯선 사람에게 절대 인사를 해서는 안 된다고 가르쳤다. 사실 따지고 보면 마르틴이 완전히 낯선 사람은 아니었다. 별다른 문제만 없다면 적어도 앞으로 사흘 동안 나는 그의 옆에서 잠을 잘 테니 말이다.

이상했다. 낯선 사람이지만 의무감을 갖고 빨리 가까워져야 할 사람 같았다.

"다니요……." 나는 소곤대는 듯한 목소리로 대답했다. 그러나 그가 내 목소리를 잘 알아들었을 거라고 생각했다.

나는 그가 내민 손을 꼭 쥐었다. 그는 미소를 머금었지만 내 손을 꼭 쥐지는 않았다. 내가 그보다 더 힘이 세다고 느끼게 해주려는 아름다운 제스처였다.

나는 그에게 무슨 말인지 하려고 했지만, 바로 그 순간 그를 수술실로 데려갈 간호조무사가 나타났다.

간호조무사는 그에게 강하게 말했다. 사람들이 흔히 노인에게 부리는 허세였다. 사람들은 노인에게 언성을 높여서 그들의 사기를 떨어뜨려야 자신들의 인생이 쉽게 풀린다고 믿는다.

"마르틴 씨, 수술실로 갈 시간입니다. 보호자는 어디 있습니까?"

마르틴 아저씨는 그에게 목소리를 낮추라고 손짓을 했다. 그 모습이 재미있었다.

"보호자가 없는데요……." 그는 아무런 부끄럼 없이 대답했다.

"수술받는 동안 수술실 밖에서 기다려줄 사람이 아무도 없단 말입니까?" 그 20대 청년은 버릇없는 말투로 다시 물었다.

"만일 상태가 안 좋으면 나를 기다려줄 사람은 많아요. 그러나 별일 없으면 아무도 없지요."

이번에는 간호조무사가 부끄러워하며 작은 목소리로 말했다.

"죄송합니다."

"난 아니에요. 나한텐 미안하다고 말할 시간이 없어요. 미안하다고 말할 시간도 없을 만큼 늙어서 혼자 남은 나를 기다려줄 사람이 없는 게 당연하지요. 안 그런가요?"

다시 침묵이 우리 세 사람 주위를 감돌았다.

누군가 수술을 받는 동안 밖에서 기다리는 사람이 아무도 없다는 것은 나로선 생각해보지도 못한 일이었다. 그것은 수술이 지연된다거나 무슨 이상이 생겨서 문제가 복잡해졌을 때 의사가 밖으로 나가 안심시켜야 할 사람이 아무도 없다는 뜻이다.

"당신은 무슨 수술을 받나요?" 나는 내가 흉내 낼 수 있는 가장 어른스런 목소리로 물었다.

그는 몸을 돌려 나를 뚫어지게 바라보았다.

"내 폐 한쪽의 반만 남겨두는 수술을 받을 거야. 약간의 공기를 들이마시고 내쉴 만큼만 남겨두는 거지. 내 나이 정도 되면 폐가 그렇게 많이 필요하지도 않거든. 4분의 1만 갖고도 살 수 있다고 했어. 그러니 충분한 거지."

나는 감동을 받았다. 나는 편도를 떼어내는데 부모님, 할아버지, 할머니, 형이 올 것이다. 하지만 그는 호흡기관을 잃게 되는데도 와줄 사람이 아무도 없었다.

나는 그 순간 세상이 불공평하다는 것을 깨달았다. 그때 이후로 나는 많은 부당함을 목격했지만, 더는 그 부당함을 헤아리거나 그것에 동요하지 않고 사람들 틈에서 살 수 있었다.

"그렇다면 내가 밖에서 기다릴게요." 나도 모르게 튀어나온 말이었다.

그는 처음으로 웃었다. 그의 웃음에는 행복이 그득히 담겨 있었다.

그가 다가와 나를 안아주었는데, 그 순간 내게는 원하는 만큼 호흡을 할 수 없게 만드는 수술을 앞둔 그가 느끼는 모든 두려움이 고스란히 전해졌다.

"고맙다." 그가 속삭였다. "누군가 기다린다는 걸 알면 거기에서 나오는 게 훨씬 기대될 거야. 내가 누군가를 위해 견디고 있다는 인상을 줄 텐데 그게 중요하거든……. 연극을 할 때 관객이 적어도 공연하는 배우들만큼은 있어야 연극이 시작된다는 걸 알고 있니?"

나는 고개를 저었다.

"이제 나는 연기를 할 수 있어. 나를 지켜보는 관객이 있으니까. 너를 위해서 잘해낼 거야."

그는 나를 품에서 놓아주고는 더 속삭이지 않았다.

간호조무사가 그를 데려가고 혼자 남겨진 나는 내가 짊어지게 된 책임이 얼마나 큰 것인지를 깨달았다.

그는 수술실에서 여덟 시간 정도 있을 테고, 나는 그의 신실한 동료처럼 행동하기로 했다.

열 살짜리 소년이 아흔 살 노인의 보호자가 된 것이다.

그 당시에는 정상적인 일처럼 보였으나…… 지금 이 순간에는 그 사실이 이상해 보인다.

그러나 모든 것이 달라지고, 그녀도 없고, 우리 사랑의 코드도 없는 지금, 나는 고아가 된 듯했다.

여러분은 마르틴이 반쪽짜리 폐를 갖고 수술실에서 돌아왔는지 궁금하겠지만, 나는 그 노부인을 만날 때까지 내가 한 여행 이야기를 이어가야 한다. 그 노부인은 사랑에 대한 노래를 완성하기에는 한 구절이 부족하다고 생각했다.

그래서 우리는 전화기로 다시 돌아가야 하고, 내게 맡겨지려는 새로운 일로 돌아가야 한다.

4
때때로 어떤 연인은
문제가 너무 많아서
사랑으로 충분치 않다

그녀가 방에서 자기 물건을 챙기는 동안 나는 거실에서 전화를 받고 있었다. 그 상황은 내게 초현실주의적으로 느껴졌다.

그녀가 물건을 가방에 집어넣으면서 내는 소리가 나를 짓누르는 듯했다. 그러나 나는 어찌 되었든 내가 그 상황을 잘 받아들일 거라고 믿었다. 나는 우리가 방금 전 싸운 그 방에 혼자 남고 싶지 않았고, 더욱이 그녀가 없는 빈집에서는 살고 싶지 않았다.

내가 그녀를 따라갈 수 있다는 것도 안다. 그러나 그녀가 아직 떠난 것은 아니지만 영화관에서 상영되는 어떤 영화처럼 해결되기엔 우리에게 문제가 너무 많았다.

내가 방문 앞으로 가서 그녀를 바라보며 가방을 빼앗고 황홀한 키스를 하면서 떠나지 말라고 말려도 소용없을 것이다.

아무 소용이 없다는 것을 나도 알았다. 그녀에게는 내가 그 순간 해줄 수 없는 말을 해줘야 했다.

그래서 아무리 사랑하는 연인이라도 사랑만으로 충분하지 않을 때가 있다. 사랑으로는 충분하지 않다.

내가 맡게 될 일에 대해 적으려고 집어든 종이에 이렇게 썼다.

'사랑도 충분하지 않다.'

나는 뇌가 무의식적으로 손에 명령하고 큰 소리로 표현하지 않아도 가슴이 표현하는 생각을 손이 받아 적는 것에 매료된다.

생각은 때때로 너무 강렬해서 단순한 생각도 강화시켜 머릿속에 각인시킨다.

나는 일과 관련된 내용을 기록하고 있었다.

늘 그렇듯 내게 일을 맡기는 목소리들은 흥분을 드러내지 않으려고 노력하지만 당황하고 놀란 기색이 역력했다.

그 목소리는 편도를 떼어내는 수술을 앞둔 아이가 느끼는 두려움보다 열대여섯 배나 더 커 보였다. 나는 그 초기의 공포심을 순수한 두려움의 기본 척도로 여겼다.

"아이의 나이는요?" 내가 물었다.

만일 열한 살 아래면 절대 일을 맡지 않을 것이다. 나는 그 규정을 엄격히 지켰다. 내가 내 인생의 다른 면에서도 일에서처럼 그렇게 정확하면 얼마나 좋을까.

"이제 곧 열 살이 됩니다." 전화기 너머 남자가 말했다. 그의 목소리는 약간 떨렸다.

그 대답은 내가 그 사건을 맡지 말아야 한다는 걸 의미했다. 그런데도 나는 계속해서 질문을 이어나갔다. 전화를 끊고 그녀와 마주하기가 싫었기 때문이다. 내

가 무엇을 해야 할지 결정할 시간이 필요했다. 조금만
더⋯⋯.

"실종된 지는 얼마나 되었나요?"

만일 실종된 지 사흘이 안 되었거나 두 해가 지났다
면 역시 그 일을 맡지 않을 것이다. 이것 또한 규정이
나 다름없었다. 그러나 시간이 흐름에 따라 규정이 일
에서는 효력을 발휘하지만 사생활에서는 전혀 그렇지
않음을 발견했다.

"정확히 이틀입니다."

이틀. 그 사건은 내가 맡을 일이 아니었다. 나는 현
실적이어야 했고, 그 사람이 내가 자신을 도와줄 수 있
다는 희망을 품기 전에 분명히 해두어야 했다.

"경찰을 부르십시오." 나는 되도록 무덤덤한 목소리
를 내려고 노력했다. "저보다 더 잘 도와줄 겁니다."

무거운 침묵이 흘렀다.

상대의 숨소리조차 들리지 않았다. 이틀 동안 열 살
짜리 아들을 잃어버렸다면 부모의 인생 자체가 파괴된
것이나 다름없다. 그들은 매우 극심한 공허감을 느낄

것이다. 그래서 자기 자녀를 찾아줄 수 있다고 믿는 누구에게든 희망을 걸려고 한다.

하지만 나는 그런 상황을 이용하려고 하지 않는다. 몇 년째 어린아이와 청소년 실종 사건을 조사하고 있지만, 처음부터 그 사실을 알았다.

처음에는 규정이 따로 없었고, 열 살 미만의 실종된 아이들도 찾았다. 그래서 얻은 결과들은 내게 큰 영향을 미쳤다.

내가 언제부터 열 살 이상의 아이와 청소년을 전문으로 하기로 마음먹었는지 잘 모르겠다. 아무래도 참을 수 없는 고통을 피하려고 그런 결심을 했다고 생각한다. 내 인생 대부분의 결정에서 그랬던 것처럼.

나는 항상 경찰이 되고 싶었고, 무언가를 조사하고 싶었다. 그중에서도 아무런 설명 없이 집을 나간 사람들을 찾는 일이 제일 좋았다.

나는 청소년과 어린이를 찾기로 결정했는데, 그때가 인생에서 가장 행복한 시기이며, 내가 유일하게 이해하는 시기이기 때문이다. 이러한 이유로 나는 아직 성인이 되지 않은 어린이나 청소년들과 더 잘 통한다는 느낌을 받는다.

이론적으로 열여덟 살이 되면 유아기를 지나 청소년기가 끝난다. 그러나 나는 꼭 그렇지만은 않다고 믿는데, 영원히 유아기와 청소년기에만 머물러 다른 사람들을 화나게 하는 사람들이 많기 때문이다.

내가 실종 사건을 맡을 때 어린아이와 청소년으로 한정하는 이유를 비롯해 전반적으로 내가 하는 일에 대해 설명하려면, 나 자신의 유아기와 청소년기에 대해 이야기하는 것이 가장 효과적인 방법일 것이다. 그래야 여러분이 나를 잘 이해할 수 있을 테니 말이다.

문 닫히는 소리가 났다.

그녀가 떠났다.

집 안에 감도는 고독은 나를 사로잡으며 아직 전화기 너머에서 실낱같은 희망을 걸고 있는 남자의 침묵과 뒤섞였다. 매우 다른 색조를 띤 두 가지 침묵이다. 그러나 둘 사이에는 공통점이 있다. 매우 우울하고 매우 고통스럽다는 것이다.

나는 방으로 갔다.

그녀가 쓰던 옷장 한 부분이 텅 비어 있었다. 그 이미지가 매우 큰 충격이었다. 나는 상자 몇 개에 그렇게 많은 물건이 담기고 가방 하나에 한 사람의 인생을 그렇게 빨리 주워 담을 수 있으리라고는 전혀 상상하지 못했다.

전화기 너머의 남자는 애원하기 시작했다.

나는 층층이 쌓인 여섯 개의 반쯤 비어 있는 상자에서 눈을 떼지 못했다.

그녀의 협탁으로 다가갔다.

항상 많은 물건으로 가득 차 있던 두 개의 서랍을 열었다. 거기 들어 있던 잡동사니들은 별로 중요해 보이지 않을 수도 있다. 그러나 나는 그녀에게 항상, 협탁에 놓인 물건은 모두 하루를 잘 지내고 잠들 때 동행해주며 꿈에서도 함께하는 매우 귀중한 것들이라고 말하곤 했다.

내가 어린아이의 방에 들어가면 가장 먼저 보는 것이 바로 아이의 협탁이다. 거기에 그 아이의 가장 중요한 물건들, 그리고 그 아이의 작은 세계에서 가장 중요한 물건들이 있기 때문이다.

그러나 이제 그녀의 물건들은 존재하지 않았다.

협탁에는 아무것도 없었다. 서랍 두 개도 텅텅 비어 있었다.

전화기 너머의 아버지는 더 많은 돈을 주겠다며 나를 계속 설득했다. 나는 적어도 그러한 공허감 가운데 침묵이 감돌지 않는 것이 마음에 들었다.

"그 사건을 맡겠습니다." 결국 받아들였다.

"감사합니다, 감사합니다, 정말 감사합니다." 아이 아버지는 계속해서 감사하다고 말했다.

그가 얼마나 더 그 말을 되풀이했는지 모르겠다. 나는 내가 규정을 깨고 있음을 알았지만 상관없었다. 확실한 것은 반쯤 열린 텅 빈 상자들이 가득한 그 방에서 단 하룻밤도 더 지낼 수는 없다는 점이었다.

나는 공황에 빠졌다. 큰 충격을 받았다.

"집이 어딘가요?"

무의식적으로 던진 질문이 아니었다. 단지 그 실종

사건이 우리 도시에서 일어나지 않았기를 바랄 뿐이었다. 나는 이별의 여운이 나를 따라오지 않을, 그런 더 먼 곳으로 떠나고 싶었다.

"카프리요." 그가 대답했다. "원하시면 아이에 대한 모든 자료를 메일로 보내드릴 수 있어요. 그런데 제가 받은 이메일 주소가 맞는지 모르겠네요. 아니면 팩스로 보내드리고요."

나는 대답을 하기는 했지만, 그의 말에 더는 귀 기울이지 않았다. 나는 그가 내게 보내야 할 자료들을 알려주었다. 언제 어떻게 실종이 되었는지, 내 보수와 교통수단에 대한 내용까지. 그러나 그가 하는 말에는 전혀 집중하지 않았는데, 내가 다시 카프리로 돌아가야 한다는 생각에 빠져 있었기 때문이다. 카프리에 간 것은 열세 살 때였다. 그때 그 섬이 나를 살려주었다.

이제 다시 카프리로 돌아가야 한다. 모든 것을 잃어버리고 홀로 된 채……. 내가 어려움을 겪을 때마다 그 섬이 나를 항상 구해주는 것이 놀랍다.

사실 나는 카프리에서 유년기와 청년기의 마지막을

40

보냈는데, 마지막이라고 표현한 것은 어른이 되었다기보다 어떤 면에서 성숙해졌기 때문이다.

이제 여러분에게 카프리 이야기를 하려고 한다. 더불어 내 유년기의 마지막을 결정한 조지라는 사람에 대해서도 이야기할 것이다.

5
에디슨이 꺼지면
전구가 켜진다

내가 처음이자 마지막으로 카프리에 간 것은 열세 살
때다. 편도를 떼어낸 지 3년이 지났고, 그걸 떼어내고
도 그다지 아쉬운 게 없었다.

그 3년 동안 있었던 커다란 변화는 얼굴 한쪽에 생
긴 빨간 점이었는데, 부끄럽게도 자꾸 커졌다.

나 스스로 얼굴 반쪽만 분장한 어릿광대 같다는 생각
이 들었고, 사실 나만 그런 생각을 한 게 아니었다. 학
교에서 몇몇 아이들은 나를 '난쟁이 어린 어릿광대'라

고 불렀다.

아이들이 나를 '어릿광대'가 아닌 '어린 어릿광대'라
고 부른 것은 입술에 루주를 바르지 않았기 때문이다.
이 별명에 대해서는 나중에 더 자세히 설명할 것이다.

그 마음에 안 드는 별명과 사인펜으로 내 입술을 칠
하려는 아이들 때문에 나는 아이들과 자주 싸웠다. 그
러나 별로 크지 않은 키에 힘이 세거나 싸움을 잘하지
도 못하는 나는 매번 싸움에서 졌다.

붉은색 루주를 바른 데다 눈은 시퍼렇게 멍들어 집
에 간 적이 많았다. 부모님은 마음 아파하며 나를 위로
해주려고 애썼다. 그러나 그분들에게도 자신들의 문제
가 많았다.

지금 생각해보니 우스운 일이었다. 물론 옛날에는
그 일이 전혀 우습지 않았지만, 지금은 우스워 보인다.
시간이 흐르면 드라마틱했던 일도 우스워질 수 있다.

양쪽 눈이 다 시퍼렇게 멍들고 갈비뼈가 두서너 개
부러진 날, 나는 가출하기로 마음먹었다.

더는 학교생활을 견디기 힘들었다. 부모님은 나를

이해했지만 나를 도와줄 수는 없었다. 그분들은 자신들의 문제와 싸우느라 여념이 없었다. 여러분에게 그 얘기를 해줄 것이다.

어느 날 부모님이 여행을 간 사이, 나는 작은 배낭에 짐을 챙겨서 내 눈을 멍들게 하지 않을 곳으로 떠나기로 결심했다. 그때 난 그런 곳이 있으리라고 생각했지만, 사실 확신은 없었다.

그런데 출발하려고 문을 나서자마자 경찰과 마주쳤다. 누군가 한 어린아이의 계획을 어느새 알고 도망가지 못하게 할 줄은 전혀 몰랐다. 그러나 경찰이 우리 집에 온 것은 나 때문이 아니라 내 부모님 때문이었다. 부모님과 관련된 나쁜 소식을 전해주려고……

부모님은 내가 가출을 하려고 한 날 돌아가셨다. 나는 그 사실을 결코 잊지 못할 것이다.

그래서 이미 열여덟 살이 된 형이 나를 맡았다. 학교 생활은 나아진 게 없었고 집안 상황은 더 나빠졌다. 형은 성격이 괴팍했다. 그런 사람이 아버지 노릇을 하니 상황이 더 나빠질 수밖에…….

나는 부모님이 돌아가신 지 열 달 만에 다시 가출하기로 마음먹었다. 다행히도 이번에는 집을 나섰을 때 경찰이 없었다.

나는 어디로 갈지 알았다. 누군가 내게 신비스럽다고 말해준 곳으로 가고 싶었다. 바로 신비한 힘을 가진 섬, 카프리.

나폴리까지 가는 데 며칠이 걸렸다. 고생을 엄청나게 했는데 그 얘기는 하지 않겠다. 나는 나폴리에서 카프리로 가는 페리를 탔다. 그리고 그 페리에서 조지를 만났다.

조지는 예순세 살이었고 체격이 건장했다. 그 당시 나는 하루라도 빨리 열네 살이 되어서 힘이 세지고 싶었다. 그렇게 조지와 나 사이에는 50년의 경험과 바람, 그리고 열망의 격차가 있었다.

우리는 선미에 있었는데, 우리 사이는 그리 멀지도 가깝지도 않았다. 나는 사람들에게 가까이 가는 걸 피했다. 아무 문제도 일으키지 않고 그 마법의 섬에 도착하고 싶은 마음뿐이었다.

나는 조지가 나를 주시하고 있음을 알아차렸다. 아마도 그는 내가 배에 탔을 때부터 내 가출을 눈치채고 감시했던 것 같다.

마르틴 이후로 대화를 나누지 않고 내 속마음을 알아챈 사람은 없었다.

"가출했니?" 그는 읽고 있던 노란색 책에서 눈을 떼지 않은 채 들으라는 듯 큰 소리로 말했다.

나는 흠칫 놀랐다.

내 세상이 그렇게 쉽게 들통이 나리라고는 전혀 생각하지 못했기 때문이다.

책을 보면서도 내 마음을 읽고 있는 그 사람에게서 멀어지려고 했다. 그러나 무언가가 나를 가로막았다.

그래도 나는 대답하지 않았다. 그 역시 재차 묻지 않았다. 그러나 곧 다시 말을 걸어왔다.

"난 조지야. 카프리로 가지. 너는?"

부모님에게서 "낯선 사람하고는 함부로 얘기하지 마라"는 말을 들은 지는 몇 년이나 지났지만, 아직도 그

말은 내 뇌리에 박혀 있어서 모르는 사람들과 대화하는 게 어려웠다.

그러나 나는 낯선 사람들로 가득한 배에서 동맹군이 필요하다는 것을 알았다. 열세 살짜리 소년이 혼자 다니면 사람들의 관심을 끌겠지만 어른 옆에 있으면 자연스러워 보일 테니, 그는 내게 완벽한 알리바이가 되어줄 것이다. 나는 그에게 다가갔다.

"이름은 다니고, 저도 카프리로 가요……. 뭐, 당연하지요. 다른 사람들처럼……."

그는 피식 웃었는데 그 음색이 단조로웠다. 그리고 그 웃음이 내 마음에 들었다.

그는 내게 손을 내밀었다. 나는 그의 손을 꽉 쥐었다. 그는 주춤하지 않고 내 손을 더 세게 잡았는데, 그 힘이 너무 세서 그가 내 손을 좀 놓아주도록 나도 힘을 뺐다. 그런 면에서 그는 마르틴과 전혀 달랐다.

나는 그의 옆에 앉았다. 어른과 함께 여행을 한다는 인상을 풍기며 그의 아들이나 조카인 척하기 위해서였다. 그렇다고 해도 나는 우리 사이에 약간 거리를 두었다.

그는 유명한 사람의 일화에 대한 책을 읽고 있었다. 신화의 다른 면을 알려주는 이상하고 신기한 자료들이었다.

나는 어깨너머로 그 책을 읽었다.

"재미있니?" 그는 책에서 눈을 떼지 않고 말했다.

"재미있어 보이네요." 내가 대답했다.

그러자 그는 책을 덮고 말했다.

"너 가져."

"저 주시는 거예요? 다 읽으셨어요?"

"아니. 그렇지만 이 책은 너한테 더 도움이 될 거 같구나. 게다가 나는 운동을 더 해야 해." 그는 자리에서 일어나며 말했다.

"운동요?"

"그래, 운동……. 너도 운동하니?"

나는 사람들이 나를 너무 많이 때리지 않게 하려고만 운동을 했다.

나는 그때 그가 의족을 하고 있는 걸 발견했다. 거의 눈에 띄지 않았지만 두 다리의 길이가 약간 달랐다. 그는 내가 자기 다리를 눈여겨보는 걸 알아채고는, 내가 그 의족에 대해 질문해주길 바라며 나를 바라보았다. 그러나 나는 묻지 않았다. 그와 너무 가까워지고 싶지 않았기 때문이다.

"어떤 운동을 하시나요?" 나는 다시 주제로 돌아왔다.

"전체적인 운동이지. 몸을 다듬는 것⋯⋯. 팔, 목, 다리들⋯⋯. 아니지, 내 경우에는 다리 하나."

그가 의족에 대한 나의 무례한 시선을 눈치챈 것이 분명했다. 그 점을 넌지시 암시하는 게 마음에 들지 않았다.

"배에서 운동을 하나요?" 나는 그에게 밀리지 않고 물었다.

"여기보다 더 좋은 곳이 있니? 맑은 공기와 바다, 남아도는 시간⋯⋯. 나랑 같이 운동할래? 네가 몸을 잘 가꾸면 도망치지 않아도 될 거다."

나 자신보다 나에 대해 더 잘 알고 있었다.

그는 읽고 있던 책을 내밀었다. 나는 그것을 받았다. 뱃머리로 향하는 그는 다리를 약간 절었다.

나는 주저했으나 곧 그의 뒤를 따랐다.

"에디슨 일화가 가장 좋아. 전구 이야기 말이야." 돌아보지도 않고 그가 말했다. "에디슨이 누군지 아니?"

나는 당연히 안다고 했다. 나를 무식한 사람 취급하는 건 질색이다.

"그는 숨을 거두기 직전에 아들에게 압력계를 잡고 자신의 마지막 호흡을 잡으라고 했어."

"왜요?" 내가 물었다.

"에디슨은 마지막 호흡에 자기 영혼이 담겨 있다고 믿었기 때문이지." 그가 내 눈을 바라보면서 말했다.

이제 그는 완전히 나의 관심을 끌었다.

"그래서 아들은 시키는 대로 했나요?"

"당연히 그렇게 했지. 에디슨은 전구를 발명한 사람이야. 그가 거기에 자기 영혼이 있다고 했으면 있어야겠지……. 에디슨의 아들은 아버지가 마지막 호흡을 할 때까지 참을성 있게 침대 곁을 지켰지……. 그리고 마침내 그 호흡을 잡았어."

침묵이 흘렀다. 나는 그가 이야기를 계속하기를 바랐다.

"그럼 그의 영혼이 거기 있었나요?" 나는 매우 중요한 일인 것처럼 물었다.

"그럴 수도 있고 아닐 수도 있어. 네가 그 압력계를 직접 한번 봐야 해. 미시간 박물관에 있단다.

나는 실제로 봤지. 근데 그 아들이 압력계를 사용하면서 실수를 했어. 압력계 대신 깨진 전구의 한쪽 끝을 잡은 채로 에디슨의 마지막 호흡을 잡았어야 했는데 말이야. 그랬다면 에디슨이 숨을 거두는 동시에 전구가 켜졌을 거야."

우리가 뱃머리 화물칸 바로 옆에 이르렀을 때 그는 멈추었다. 그리고 나를 뚫어지게 바라보았다.

"네 몸에 대해 알고 너 자신을 지배할 준비가 되어 있니?"

카프리로 향하는 그 배 위로 해가 서서히 지고 있었다. 나는 전구와 영혼에 대한 얘기를 해준 그 사람이 도대체 내게 뭘 가르쳐주려고 하는지 짐작할 수 없었다. 그러나 그는 다리를 절면서도 운동을 했고, 내가 가출한 아이라는 사실을 알고 있었으며, 그 사실에 대해 전혀 개의치 않았다.

이런 사람을 만나고 이런 이야기를 듣는 것은 카프리로 갈 때만 가능하다. 아마도 그래서 내가 그 사건을 맡았는지도.

나는 그때 방황 중이었고, 카프리에 있었다……. 그리고 지금 내 규정에 하나도 들어맞지 않는 한 소년이 그 섬에서 실종되었다.

'우연'이란 내 약점이자, 내 인생에서 규칙을 깨트리는 유일한 것이다.

의심할 나위가 없었다. 카프리로 떠나야 했다.

"몇 시간 뒤면 나폴리에 도착합니다. 당신이 나를 데리러 나오면 함께 페리를 타고 카프리로 갈 수 있습니다. 괜찮으신가요?" 내가 아이 아버지에게 물었다.

그는 다시 감사 인사를 했고, 나는 전화를 끊었다. 하지만 사실은 오히려 내가 고마워해야 했다. 그 섬에 꼭 다시 가보고 싶었으니까…….

조지에 대한 얘기를 이어가야 하고 그의 제안에 대

한 내 답변에 대해서도 얘기해야 하지만, 그러기 전에

나는 나폴리로 가야 한다.

6
서두르는 바람에
자기 향기를 두고 갔다

가방에 꼭 필요한 몇 가지 물건만 챙겨서 나폴리 행 비
행기를 타기로 했다. 나는 그게 도피임을 알았지만 조
금 전 내게 일어난 일들이 너무 괴로워서 생각하지 않
기로 했다. 유치한 대응이긴 하지만 그 순간 꼭 필요한
일이었다.

　짐을 챙기려고 화장실로 갔다.

　거기서 그녀의 향수를 발견했다. 그녀가 두고 간 것
이다.

너무 서두르는 바람에 자기 향기를 두고 갔다. 서랍
장과 협탁에 있는 것만 모조리 가져가버리고…….

그녀의 향기를 맡자 마치 그녀가 내 곁에 있는 듯했
다. 꼭 그녀가 느껴지는 것만 같았다.

그 모든 것이 고통스러웠다. 그녀가 내 인생에서 사
라진 지 채 10분도 되지 않았는데 그녀가 그리웠다. 이
별은 매우 고통스러울 것이다. 의심할 나위가 없었다.

그 시점에 이르려면 우리에게 무슨 문제가 있었는지
여러분에게 이야기해야 한다. 그래야 합당하다. 안 그
러면 여러분이 누구 편을 들어야 할지 마음을 정할 수
없기 때문이다.

좀 더 솔직히 얘기해보자. 연인이 헤어지면 제3자인
당신은 누군가의 편을 들게 마련이다. 당신이 그러지
않으려고 해도 항상 그렇게 된다. 가족이든 친구든, 아
니면 독자든 편안하려면 한쪽 편을 들어야 한다.

그녀와 나는…… 맙소사, 내가 어떻게 그녀에 대해
이렇게 '추억'하면서 이야기하게 돼버린 건지……. 게
다가 나는 그녀의 향기로 가득 차 있는데. 그 향기에

다가가기만 해도 그녀의 체취가 느껴지는데.

매일 아침 그 향이 나를 사로잡아버리기 전에 나는 그 큰 향수병을 처리해야 했다. 욕조에 따라 버려야 했다.

여러분은 그 향이 나에게, 아니 내 화장실에 배어 있으면 고통이 나를 더 엄습한다는 것을 이해해야 한다.

나는 그것을 화장실에 버리기로 했다. 변기 뚜껑을 들었다. 그러나 나는 주춤했다……. 그녀의 향기를 버릴 수가 없었다. 그것은 매우 공정하지 못한 행동이었다. 메스꺼웠다. 나는 한 방울이 떨어지기도 전에 멈추었다.

그리고 갑자기 그것에서 벗어날 수 있는 좋은 방법이 떠올랐다. 죄의식을 느끼지 않을 방법이었다.

그녀의 향수를 내 여행 가방에 집어넣었다.

서둘러 집을 나서면서 문을 잠그지 않았다. 도둑이 들어와도 상관없다. 값나가는 물건이 하나도 없기 때문이다.

나는 재빨리 택시를 탔다. 내가 가출한다는 사실을 눈치챈 것만 같은 사람들 때문이었다. 나는 그들이 내

가 밖으로 나가자마자 교차로에서 돌아서는 것을 보고
놀랐다.

그리고 거기, 택시 안에서 침묵하고 기다렸다. 공항
에 도착하기까지 시간이 빨리 흐르기만을 바랐다. 대
화나 음악도 필요하지 않았다.

시간이 가기만을 바랐다.

오랜만에 시간이 빨리 가기를 바라고 있었다.

지금 이 순간은 내게 아무 도움이 되지 않고, 모든
문제는 시간이 흘러야만 마침내 해결될 것이다. 시간
이 내 고통을 덜어줄 것이다.

내가 마지막으로 시간이 빨리 가기를 바라던 순간은
마르틴이 수술실에서 돌아오기를 기다릴 때였다. 나는
그가 수술을 받는 동안 시간이 빨리 가기를 바랐다. 얘
기했듯이 나는 그의 보호자였고, 그 소임을 매우 신중
히 여겼기 때문이다.

택시 기사는 내 고민의 시간을 깨고 라디오를 틀었다.

바예나토(아코디언으로 연주하는 콜롬비아 민속무용 음악)
가 흘러나왔다. 나는 항상 그 음악이 슬프다고 생각했

다. 볼레로보다 더 슬펐다. 그 음악은 이별한 뒤에 아무 가능성도 없고 미래도 없다는 내용을 노래했고, 가수들은 마치 이별이 아름답기라도 한 듯 그 이별을 즐겼다.

나는 바예나토를 증오한다. 그 노래 제목은 '난 꿈을 꾸었네'다. 그 노랫말은 내 자아를 조금씩 파괴했다. 나는 택시 기사에게 음악을 꺼달라고 부탁하고 싶었다. 하지만 그러려면 그와 얘기를 나눠야 하는데, 그것은 그 순간 내가 원치 않는 일이었다. 나는 필요 이상으로 다른 사람과 말을 주고받는 걸 제일 싫어한다.

그래서 어릴 적 낯선 사람이 반쪽짜리 폐를 갖고 돌아오기를 기다리던 그 병원으로 상상의 날개를 펴면서 그 순간을 벗어나기로 했다.

7
감정을 속이는 것이
이로울 때가 있다

마르틴은 오전 11시에 수술실로 들어갔다. 그리고 오후 1시가 되자 간호사가 수술이 잘 진행되고 있다고 전해주었다. 나는 마음이 놓였다. 여섯 시간만 더 기다려주면 되었다.

부모님이 식사를 하러 가자 나는 병실에 홀로 남겨졌다. 마르틴의 자리가 유혹하며 나를 강하게 부르는 것 같았다.

나는 내가 간절히 기다리는 그 거구의 남자가 어떤

사람인지 궁금했다. 그때가 바로 내 인생에서 처음으로 조사를 한 순간이었다.

그때 내가 어린아이나 청소년의 방을 수색한 것은 아니었지만 다른 사람의 물건을 뒤지면서 나오는 아드레날린은 똑같이 강렬했다. 그 강도는 다르지 않았다. 거기서 오는 쾌락은 항상 몸에 스며드는데, 모르는 사람의 물건을 조사하는 것은 매우 강렬한 인상을 주기 때문이다.

게다가 권한은 나에게 있다. 그를 기다리고 있었고, 최소한 그에 대해서 알아야 했다.

그의 협탁 서랍을 열었다. 서랍에 대해 내가 갖는 생각은 앞에서 이미 설명했다.

서랍 속에는 편지가 수북했고, 작은 수첩과 수많은 폴라로이드 사진이 있었다. 내게는 그 모두가 옛날 것이었다.

사진을 눈여겨보았다. 수많은 등대가 있었다.

규모가 다양한 등대들이었다. 그러나 내 예상과 달리 그 사진들은 땅에서 찍은 게 아니고, 사진에 그가 등장하지도 않았다.

배 아니면 바다에서 찍은 사진들이었다. 모든 사진에서 돛대와 뱃머리나 선미의 일부분이 보이고, 그 배경으로 거대한 등대가 보였다. 게다가 시간은 하나같이 밤이었고 배가 움직일 때 찍은 것들이었다.

어느 사진에도 사람의 흔적은 없었다…….

등대와 배의 일부분, 배와 등대의 일부분. 나는 500장쯤 되는 사진을 찬찬히 살펴보았다. 시간은 충분했다.

사진 뒷면에 날짜와 한 낱말이 적혀 있었다. 형용사였다. 등대의 특징이나 장소, 사진을 찍은 시간에 대한 내용이 아니었다. 나는 그 낱말들이 그, 그러니까 마르틴에 대한 내용임을 거의 확신했다.

이런 낱말들이 쓰여 있었다. '슬픈', '사랑에 빠진', '그리워하는', '충실하지 못한', '멀리 떨어진', '고독한' 등. 그리고 내게 큰 충격을 준 낱말은 '운이 좋은'이었다. 이 낱말은 10여 장의 사진에 등장했다. 종이에 쓰인 그 낱말을 본 것은 그때가 처음이었다. 내 세계에는 운이 좋은 사람들이 별로 없었기에 영원히 글로 써서

남길 정도로 운이 좋은 사람도 없었다.

시간이 좀 더 흐른 뒤 간호사가 들어오더니, 그의 한쪽 폐를 성공적으로 떼어냈고 아무 이상이 없다고 했다. 그러고는 이렇게 말했다. "네 친구는 운이 좋은 사람이야."

나는 미소를 지었다. 그 사실을 이미 알고 있었기 때문이다. 그의 소지품을 보며 그런 사실을 발견하던 중이었으니까……. 그가 쓴 글자를 보며 그가 철통같은 투쟁가임을 감지할 수 있었다.

내 아버지는 항상 글씨를 잘 쓰라고 조언했는데, 그래야만 사람들이 나를 신뢰하기 때문이라고 했다.

나는 이제 사람들에게 신뢰감을 줄 정도로 글씨를 잘 쓴다. 아버지가 알면 매우 자랑스러워할 것이다. 그렇지만 내가 낯선 사람의 물건을 뒤지면서 먹고산다는 걸 알아도 그렇게 자랑스러워할지는 잘 모르겠다. 나는 아버지가 어떤 마음일지 결코 알 수 없을 것이다…….

나는 그의 협탁 서랍에서도 많은 편지봉투를 발견했

다. 봉투마다 숫자들이 쓰인 종이가 있었다. 12, 36, 9, 7, 2……. 두서없이 나열된, 별다른 의미를 찾을 수 없는 숫자들이었다.

이렇게 봉투마다 숫자가 적힌 100여 장의 종이가 들었고, 마지막 장에는 숫자 두 개가 큰 글자로 쓰여 있었다. 그리고 각각의 봉투에는 도시 이름이 적혀 있었다.

그건 마치 암호 같았는데, 그 순간에는 무슨 뜻인지 해독을 할 수 없었다. 어쩌면 마르틴 아저씨가 스파이일지도 모른다고 생각했다. 나는 붉은 글씨로 큼직하게 적힌 숫자를 물끄러미 바라보았다.

나는 그 신비스런 사람에게 점점 더 매료되었고, 그를 잃기 전에 더 많이 알고 싶어졌다. 그 사람에 대해서 이런 생각이 들자 내 머리카락이 전부 곤두섰다.

내게는 이런 현상이 전혀 낯설지 않은데, 왜 그런지 그 이유를 먼저 여러분에게 알려주어야 한다……. 나는 내가 원할 때마다 머리카락이 곤두서게 할 수 있다. 내 어머니도 그렇게 할 수 있었다.

어린 시절에 어머니는 내가 중요한 이야기를 들려주

거나 학교에서 활동한 결과물을 가져올 때마다 내게 머리카락이 곤두선다고 말하곤 했다.

나는 그 사실을 믿었다. 그때는 그렇게 예민한 어머니를 가졌다는 게 감격스러웠다.

하루는 형이 어머니의 그 능력을 우리도 갖고 있다고 말했다.

나는 그의 말을 믿지 않았고, 그렇게 단언하는 것이 모욕적으로 느껴졌다. 내가 그를 치려고 했을 때 우리 둘은 키가 비슷했지만, 나는 바닥에 고꾸라졌고 그는 나를 올라탄 채로 마구 때렸다.

아무래도 이제는 내가 여러분에게 아직 설명하지 않은 이야기를 할 때가 된 것 같다. 이 부분은 여러분이 나와 내 가족, 그리고 내 가출을 이해하는 데 중요하기 때문이다.

사실 여러분에게 내가 어떤 사람인지에 대해서 먼저 이야기했어야 한다.

내 형은 왜소증이 있었다. 내 부모님과 마찬가지로.

그리고 나와 마찬가지로.

그렇다……. 일반적으로 정확히 표현하자면 '키가 작다.' 그렇다, 여러분이 생각하는 바로 그거다.

열 살까지는 평범한 아이들과 키 차이가 눈에 잘 안 띄어서 크게 표가 나지 않는다. 그러나 마르틴은 나를 본 순간 내가 평범한 아이들과 다르다는 사실을 눈치챘을 거라고 생각한다.

열세 살 때부터 다른 아이들과 키 차이가 나기 시작했는데, 이 문제는 내가 학교에서 놀림감이 되기에 충분했다. 그 이후 모든 게 바뀌었고, 쉬는 시간이면 내 인생이 참을 수 없을 정도로 비참해졌다. 아이들은 나를 '난쟁이 어린 어릿광대'라고 놀렸는데, 불그스레한 내 볼 색깔 때문이기도 했지만 무엇보다 키가 작은 게 가장 큰 이유였다.

부모님은 그들의 작은 키를 잘 극복했다. 그랬으니 두 분이 만난 게 아니겠는가? 사랑이 그들에게 용기를 주었다. 형은 호래자식이 됨으로써 이 문제를 극복했다. 나쁜 짓을 함으로써 자신의 키에 대한 콤플렉스를 나타내는 것 같았다.

나는 열세 살이 되었을 때 키가 더 크기를 바랐다. 그 당시만 해도 또래 아이들은 나보다 5센티미터쯤 더 컸다. 나는 그저 키가 좀 작은 아이일 뿐 언젠가는 쑥 자랄 것이라고 생각했다.

하루는 어머니에게 나는 앞으로 더 자랄 거라고 약속했고, 어머니는 늘 그랬듯이 감격하며 내게 곤두선 머리카락을 보여주었다. 나는 아직도 어머니의 그 감동이 거짓이 아니길 바라며, 또 그렇게 믿고 싶다. 어머니의 그 감동은 몇 년 동안 나를 이끄는 원동력이었다. 내 어머니를 위해서 자라고 또 자라는 것이다.

어머니는 내게 키가 작은 건 전혀 부끄러운 것도, 슬픈 것도 아니라고 가르치면서도 항상 내 키가 자라기를 꿈꾸었다. 공감이 갔다. 어머니는 내게, 나를 임신했을 때부터 내 몸무게가 많이 나가서 앞으로 거구가 될 아이임을 감지했다는 사실을 온화하면서도 자부심을 갖고 설명해주었다.

어머니는 항상 남들이 뭐라고 하든 부끄러워할 필요

없이 내가 키 큰 아이를 낳을 수 있다는 기대를 해도 된다고 했다. 키 큰 엄마가 다른 여러 이유로 키 작은 아이를 낳을 수 있는 것처럼 말이다.

나는 나를 거인이라고 불러주는 것을 좋아했다.

그래서 어머니는 나와 단둘이 있을 때면 항상 나를 '작은 거인'이라고 불렀는데, 형은 이 말을 들을 때마다 크게 화를 냈다.

형은 나를 거꾸로 들어서 그 작은 손 아래에 거꾸로 매달려 있게 했는데, 그런 상태에서 그가 원하면 자기 팔의 털을 곤두서게 할 수 있다는 것을 내게 보여주었다. 털은 단 몇 초 만에 곤두섰다. 그는 내 머리를 바닥 타일 위로 떨어트리면서 말했다.

"너를 때리고 있는 이 순간 내가 얼마나 흥분하는지 보았지, 작은 거인아."

그리고 웃음을 터뜨렸다.

나는 화가 나기도 하고 서글프기도 했다. 형은 몇 년 동안 그렇게 나를 놀렸다.

그래서 나는 나도 할 수 있다는 것을, 내게도 그런

능력이 있다는 것을 증명하기로 했다.

나는 단 몇 초 만에 내 몸의 털이 전부 곤두서는 것을 보고 놀랐다. 믿을 수 없었다……. 나도 그런 초능력을 가진 것이다. 나는 미래에 이 능력이 어떤 도움이 될지는 몰랐지만 언젠가 큰 도움이 되리라고 확신했다.

거짓된 감정을 보여주는 것은 이 세상에서 어떤 이익이 되기도 한다. 비록 그 순간에는 큰 가치를 부여하지 않았지만 말이다.

형이 나를 놓아주자마자 나는 어머니에게로 갔다.

그 당시 어머니의 키는 나와 같았다. 그래서 우리는 같은 키 높이의 대등한 처지에서 얘기를 나누었다. 어머니와 아들 사이에 있기 힘든 매우 특이한 일이었다. 나는 왠지 모르게 내가 안정감을 느끼려면 어머니의 키가 좀 더 커야 한다고 생각했다.

나는 어머니에게 모든 것을 털어놓았다.

어머니가 털이 곤두서는 방식으로 감정을 표현하면 나는 속았다는 느낌이 들었다. 어머니는 아무 대꾸도 하지 않았지만, 결국 내가 소리를 지르자 울음을 터뜨렸다. 그때 나는 어머니가 우는 모습을 처음 보았다. 내가 바로 어머니를 울게 만든 장본인이었다.

어머니의 눈물이 진심인지, 아니면 내가 모르는 또 다른 초능력인지 순간 의심이 들었다. 하지만 곧 어머니의 감정을 깊이 느끼게 되면서 그런 생각을 하지 않았다.

"다니……." 어머니는 흐느끼면서 말했다. "능력을 가졌다는 것은 자기를 위해 그 능력을 사용하라는 뜻이 아니란다. 나는 절대 그렇게 하지 않았어. 나는 네가 하는 일이 다 감격스러워. 그 모두가 네 일부이기 때문이지. 너 자신은 네 인생에서 가장 가치 있는 존재란다, 작은 거인아."

나는 어머니의 말에 귀 기울이지 않았다. 어머니의 말은 내게 역효과를 가져왔다. 나는 내가 더 자라리라는 생각을 더는 하지 않았고, 처음으로 가출을 해야겠다고 결심했다.

그러한 논쟁이 있고 이틀 뒤 어머니를 잃었다. 어머니를 울게 만든 지 이틀 만에 어머니와 아버지는 그 빌

어먹을 차 안에서 돌아가셨다. 그 어리석은 사고로. 나는 아직도 그 사실을 알려주러 온 경찰과, 고통을 표현하려는 듯한 그의 목소리를 생생히 기억한다. 그렇지만 곧 그가 자기 책임을 다한 것뿐이었음을 깨달았다. 고아를 위로하려는 선한 사람 구실을 했을 뿐이다.

그날 이후로 차를 증오하고, 음주운전자들을 증오했다. 제한속도를 지키지 않는 사람들을 증오하고, 도로 통제를 하고 있다고 말하는 사람들을 증오했다. 그들은 아무것도 통제하지 못한다. 때로는 자신들의 행동으로 다른 가족의 삶까지 흔들어놓는다.

나는 운전 규정을 준수하지 않는 사람들과 여러 번 다투었다. 그러한 규정을 지키지 않은 사람들이 내 부모님의 목숨을 앗아 갔기 때문이다. 다른 사람들이 또다시 그런 행동을 하도록 내버려둘 수는 없다.

가장 고통스러웠던 순간은 부모님이 땅에 묻힐 때였다. 그 작은 두 개의 관······.

영안실 옆방의 사람들은 두 어린아이의 장례를 치른다고 생각하고는 한꺼번에 두 아이를 잃은 아버지의

심정이 얼마나 고통스럽겠느냐며 수군거렸는데, 그 말이 나를 화나게 만들었다.

나는 그들 중 한 사람에게 다가가서 말했다.

"그 어린아이들은 제 부모님이에요. 두 분 다 당신만큼 키가 크지는 못했지만요."

내가 좀 흥분했던 건 사실이지만 세월이 흐른 지금까지도 그때만큼 화가 난다. 나는 항상 이 일이 내 인생의 생생한 상처가 되리라고 생각했다. 어느 누구도 치유할 수 없다. 그 누구도…….

어쨌든 이제 다시 병원으로, 내가 마르틴과 함께 지내지 못한 그 병실로 돌아가자. 그것이 내가 지금 여러분에게 하려는 이야기다.

나는 그 당시 내가 어떻게 그의 개인 물품을 조사했는지에 관해 이야기하고 있었다.

그 협탁 서랍에서 마지막으로 발견한 것은 가운데 유리가 끼워진 작은 원형의 물건이었다. 단안경 같았는데, 유리는 검은색이고 옆에 등대 모양의 금속 손잡이가 달

려 있어 마치 단안경에 붙어 있는 은으로 된 등대처럼
보였다. 그리고 단안경과 등대 모양 손잡이는 서로 사랑
해서 한 번도 떨어진 적 없이 꼭 붙어 있는 것 같은 인상
을 주었다. 또한 신비로운 힘을 가진 것 같기도 했다.

혹시 뭔가 특이한 것을 느낄 수 있을까 싶어 왼쪽 눈
에 대보았지만 아무 느낌도 없었고, 단지 방이 조금 어
두워 보였다……. 바로 그 짧은 순간에 간호사가 들어
왔다.

그녀의 표정에는 슬픔이 서려 있어 안 좋은 소식을
가지고 온 것처럼 보였다. 그게 아니라면 그 이상한 기
구 때문에 어두워 보여서 그랬을 것이다.

"다니, 수술 중에 문제가 생겼어. 마르틴 씨가 중환
자실에 있는데 너를 보고 싶어해."

나는 반응하지 않았다. 그 이상한 안경도 벗지 않았
다. 아니, 벗을 수 없었다. 내 주변이 온통 어두웠고 세
상이 멈춘 것 같았다. 나는 현실로 돌아가고 싶지 않았
고 보호자 구실도 하고 싶지 않았다.

어쨌든 모든 것이 내가 만들어낸 게임이고, 열 살짜

리 어린아이가 아흔 살 어른을 돌본다는 게임이었다.
나는 정말이지 그의 진짜 보호자가 되리라고는 생각지
도 못했다.

"29유로 35센트입니다." 나를 공항으로 데려온 택시
기사가 어릴 적 그 고통스러운 기억을 깨트리면서 말
했다.

여러분, 그렇다고 걱정은 하지 마시길. 곧 다시 그
순간으로 돌아갈 테니…….

기억의 최고 장점은 당신이 원할 때 언제든 다시 돌
아갈 수 있다는 것이다. 아무도 당신의 기억을 훔치거
나 방해할 수 없다. 다만 내게 가장 충격적인 것은 아
마도 과거로 돌아갈 때마다 기억이 달라진다는 사실이
리라.

만일 기억이 달라지면 사실도 그렇게 달라져버린다.
왜냐하면 거기에 당신의 뿌리가 있고, 당신의 뿌리가
바뀐다면 당신의 줄기도 바뀔 것이기 때문이다……

8
사랑은 과거에만
존재할 수 있다

나는 공항을 좋아해본 적이 없다. 항상 비행기를 타기까지 너무 많은 장애물을 거쳐야 한다고 생각했기 때문이다. 심사와 수속 같은 여러 장벽과 물건을 잃어버릴지 모른다는 두려움이 '공항'이라는 장소를 싫어하게 만들었다.

사람들은 보통 공항에 들어서는 순간부터 심장이 빠르게 뛴다는 연구 결과를 어디선가 읽은 적이 있다. 그렇게 맥박이 빨라지는 이유는 아주 많다. 즉 수속 카운

터를 서둘러 찾고 짐을 부쳐야 하는데 짐을 전부 부칠 수 있을지, 마음에 드는 좌석을 구할 수 있을지, 검색대를 무사히 통과할 수 있을지, 좀 더 빨리 비행기에 탈 수 있을지, 손가방을 갖고 탈 수 있을지, 무사히 이륙하고 착륙할 수 있을지, 비행기에서 좀 더 빨리 내릴 수 있을지, 수하물 벨트에서 짐을 찾을 수 있을지 등 공항을 떠나 최종 목적지에 이르기까지의 모든 과정 때문이다.

이 연구 결과에서 놀라운 점은 맥박의 변화가 가장 작을 때는 비행기를 타고 여행을 할 때고, 맥박의 변화가 가장 클 때는 손가방을 비행기 안에 실을 때라는 것이다. 즉 우리 소유물을 가까이에 두는 것이 그만큼 중요하다는 말이다. 이럴 때는 늘 하는 것처럼 짐을 머리 위에 두는 것이 가장 좋다.

이처럼 인간은 이상하고 복잡하다.

검색대 앞에 서자 맥박이 빠르게 뛰기 시작했다.

내 인생에서 그렇게 흥분되는 순간은 없었다.

나는 가방을 부칠 때 부디 나를 멈춰 세우고 규정상

그렇게 큰 향수병은 비행기에 실을 수 없다고 말해주기만을 간절히 바랐다. 여러분에게 이미 말했듯 나는 그 향기에서 벗어날 수 없다. 하지만 가방 속 향수가 압수당한다면 그것을 파괴할 책임은 다른 사람의 몫이 되고, 덕분에 나는 이별 후 규정을 어기지 않게 되는 것이다.

이런 행동은 비겁하지만 적어도 내가 그 향기에서 도망친 사람이 아니라고 느끼게 해준다.

가방을 벨트에 올려놓기 전 처음으로 액체 운송에 관한 그 어리석은 규정이 의미 있다고 생각했는데, 그 규정으로 마음에 큰 상처를 입은 누군가가 다시 치료받는 기회를 얻을 수 있기 때문이다.

향수가 든 가방을 벨트에 올려놓자 가방이 서서히 엑스레이로 다가갔다.

나는 검색요원이 화면에서 향수병만 보는 게 아니라 내 인생 전체와 내가 겪은 이별, 그리고 그녀와의 모든 문제를 보고 있다는 느낌을 받았다. 그리고 그 문제는 대부분 내가 야기한 것이다.

여러분에게 내 애인과의 문제를 이야기해야 한다. 나는 그것을 잊지 않았다.

어디서부터 시작해야 할지 모르겠는데, 나는 영화로 치면 악역이다. 내가 앞으로 "비록 내가 이것도 하고 저것도 했지만 그녀는 결국 나중에 ……했다"라는 식으로 얘기하리라고는 기대하지 말길 바란다.

그녀…… 그녀…… 그녀는 항상 나를 사랑했다.

마르틴은 내게 병원에서 "사랑하는 것은 많이 좋아하는 거란다"라고 말했다. 또 이렇게 덧붙였다. "많이 좋아하고 사랑하게 되면 이미 사랑의 높은 단계에 이른 것이고, 이런 사랑은 의식하지 않아도 저절로 찾게 될 테니 나서서 찾으려고 욕심내지 마라……."

반면에 카프리로 가는 페리에서 우연히 만난 조지에 따르면, 사랑은 내가 좋아했고 사람들이 나를 좋아했음을 기억하는 것이고 항상 과거에 존재한다.

조지에게 사랑이란…… "단지 과거에만 존재할 수 있다. 나는 사랑 '했'다……. 좋아하는 것은 현재고, 사랑하는 것은 과거다."

조지와 마르틴…… 내가 그들에게 얼마나 많이 배웠는지, 그리고 그 순간 모든 것이 내게 어떻게 다가왔는지…….

가방이 매우 느리게 검색대를 통과하는 바람에, 나는 그 시간 동안 집을 탈출해서 가출 소년이 되었을 때 나를 도와준 그 거대한 남자를 생각했다.

사실 카프리로 가는 페리에서 그를 처음 만났을 때의 느낌은 가방이 검색대를 통과하고 있는 지금의 느낌과 같았다.

나는 그를 속이고자 내가 가출 소년이 아니라 혼자 여행하는 중이라고 했지만, 그는 내 말이 거짓임을 알고 있었다.

그 역시 마르틴처럼 내 내면을 볼 수 있는 레이더를 갖고 있었다. 그는 내가 무엇을 숨기고 있고, 거기에 무슨 이유가 숨어 있는지 알아내고자 내 냄새를 탐지했다. 내 두려움과 완전한 상실에 대한 냄새를……. 하지만 그는 내게서 그것을 없애버리지 않고 지나가게 했는데, 내가 자신과 함께 여행을 해야 한다는 것을 알았기 때문이다.

그는 우리가 페리 안에서 그가 평소 운동하는 곳에 도착하자마자 내가 결코 잊지 못할 말을 했다. "어릴 때 방황하는 게 더 나아……. 왜냐하면 네가 어릴 때 방황하면……."

9
어릴 때 방황하면,
어른이 되어서는
방황하지 않을 거야

"…… 어른이 되었을 때는 방황하지 않을 테니 말이야."
그리고 분명히 그는 내게 윙크를 했다.

조지는 내가 방황하고 있다는 걸 어떻게 알았을까?

나는 그에게 대꾸하지 않았다. 아무 말도…….

그는 나를 바라보고 몇 살인지 물었다. 그는 내 인생
에 대해, 그러니까 키 작은 사람들의 세계에 대해 뭔가
안다고 생각했고, 내 대답이 내 거짓말과 내가 가출했
다는 사실과 두려움을 드러내리라고 상상했을 것이다.

나는 열다섯 살이라고 거짓말을 했다. 그가 내 말을 믿지 않았음이 틀림없다. 그러나 그에게 내가 열세 살이고, 왜소증이 있으며, 이 세상을 사는 것이 무척 외롭다고 고백하고 싶지는 않았다. 그에게 내 부모님의 죽음과 나를 증오하는 형이 내 보호자라는 사실에 대해서도 말하고 싶지 않았다.

사실 형은 부모님이 돌아가신 뒤 몇 달 만에 성을 더 잘 내는 사람으로 돌변해 있었다. 물론 나 역시 마음이 편하지 않았다. 부모님의 부재는 상상할 수 없을 정도의 고통을 안겨주었기 때문이다.

게다가 그 모든 것 때문에 우리는 매일같이 싸웠다. 그를 볼 때마다, 그리고 내가 어머니에게 한 약속을 기억할 때마다 키가 작다는 것을 증오했다. 키 작은 것과, 거울로 본 보통 사람들과는 다른 내 이상한 그림자를 증오했다.

사실 그 시기에 나는 아직 어린아이였을 뿐이었다. 열세 살에도 아직 충분히 자라지 않아서 키가 작은 아이들이 있기 때문이다. 그러다가 열네 살이 되면 기린처럼 갑자기 쑥 자라고는 너 크지 않는 아이들도 있다. 한 해가 더 지나서도 키가 크지 않으면 나는 평생 키가 작을 것이고, 공식적으로 그렇게 불릴 것이다.

의사들은 모든 가능성이 열려 있다고 말했다. 그들에게 내 유전자는 미스터리한 것이었기에 나는 난쟁이가 될 수도, 어머니의 말처럼 거인이 될 수도 있었다.

한계선은 열네 살이다. 열네 살에는 내 성장이 멈췄는지 아닌지 알 수 있게 되므로 다시 돌이킬 수 없다. 아마도 그래서 나는 조지에게 열다섯 살이라고 말한 것 같다. 이미 그 모든 것이 지나간 나이가 되고 싶었기 때문에.

집을 나온 것에 대해 그에게 거짓말을 한 이유는 내가 왜 가출했는지 설명하기가 정말 어려웠기 때문이다.

내가 가출한 첫 번째 이유는 학교에서 아이들이 나를 괴롭혔기 때문이고, 또 다른 이유는 부모님의 죽음, 그리고 마지막으로 더 중요한 이유는 내가 남들과 다르다는 것, 그리고 나랑 전혀 닮지 않은 형이 내 보호자라는 점이었다. 그중에서도 형과 관련된 마지막 이유는, 만약 내게 그럴 용기가 있다면 여러분에게 설명해주고 싶다.

더 이상 키가 자라지 않는다는 사실…… 그것이 내게 두려움을 주었음을 고백해야 한다…….

나는 원했다…… 강해지고 키가 자라기를 간절히 원했다…….

말로 표현하기는 어렵지만 더는 키가 크지 않는다는 사실을 안다는 것, 벽에 표시해둔 키 높이가 시간이 지나도 변하지 않으리라는 사실을 안다는 것은 어린아이에게만 끔찍한 일이 아니라 어른에게도 견디기 힘든 일이다.

이 일은 작은 키가 의미하는 것과는 상관없다. 부모님은 오히려 이것을 늘 자랑스러워하며 부끄러워하지 않았다.

나도 내 방식대로 잘 헤쳐나갔다. 나는 다섯 살 때 이미 우리 가족이 다른 가족과 다르다는 것을 깨달았다. 다른 부분에서는 다른 가족들과 같았지만 우리는 키가 작았다. 내 형이 작았고, 부모님이 그랬고, 나도 그랬다……. 우리는 강아지도 작은 녀석을 샀는데, 다리가 짧고 몸이 길쭉한 종이었다. 집 안의 모든 것이 우리 키 정도 높이였다…….

그러나 부모님이 돌아가신 뒤로 변화가 필요했다. 부모님의 것들을 버리고 완전히 다른 나 자신으로 변하기 위해서였다.

자라는 것은 고통에서 멀어지는 것을 의미했다……. 자라는 것은 모든 것을 더 잘 견디게 해주는데, 자랄수록 부모님에게서 멀어지게 되고 그들의 죽음과 장례, 그리고 그들을 잃은 상실감에서 비롯된 커다란 슬픔을 잊을 수 있기 때문이다.

조지는 뭔가 찾으려고 화물이 있는 곳으로 갔다. 그의 질문이 불러일으킨 내 모든 생각에 대해 전혀 개의치 않는 듯 보였다. 아니면 자신이 일으킨 결과를 예상하고 일부러 내게 그것을 소화할 시간을 주고 있었는지도 모른다.

잠시 후 그가 붉은색 자루로 만든 무거운 복싱용 샌드백을 가져다가 손잡이에 걸자, 손잡이는 이상적인

자기 할 일을 되찾게 되었다. 그게 아니라면 늘 그 용
도로 쓰인 것 같았다……

배에서 그렇게 커다란 자루를 갖고 있다는 게 이상
했다. 나는 그 무게를 상상조차 할 수 없었는데, 내가
보기에 적어도 1톤은 넘어 보였다.

"복싱용 샌드백이 짐인가요?" 내가 물었다.

"샌드백이 아니고 내 삶의 일부야. 내 자식이나 같
지. 어디든 나와 함께 가거든."

"이 샌드백이 당신 자식 같다고요?" 나는 웃었다. 오
랜만에 웃어보았다.

웃는 것을 잊어버렸다. 나이가 몇 살이든 웃음을 망
각해서는 안 된다. 어린아이로서는 더 큰 죄다.

"사람들이 너를 놀리는 게 싫지, 안 그래?" 그는 매
우 진지하게 물었다. "그렇지?" 다시 물었다.

"네, 싫어요." 나는 인정했다. "사람들은 나를 많이 놀
렸어요."

"나도 싫어." 그가 덤덤하게 말했다. "이 샌드백은 내
가 가진 최고의 재산이야. 이 녀석은 어느 누구보다 얼

어맞는 것을 잘 받아늘이지. 화가 나거나 문제에 부딪히거나 끔찍한 일을 겪은 네가 아무리 세게 때려도 다 받아들이고 이해하면서 너를 진정시켜준단다……."

잔잔한 바람이 우리 얼굴을 스쳤다. 바다냄새가 났고, 그 냄새는 내가 어디에 있는지 일깨워주었다.

나는 마술 같은 그 자루에서 눈을 뗄 수 없었고, 조지는 내게서 시선을 떼지 않았다.

"정말 내가 가진 문제들을 받아들여서 다 흡수해버리나요?" 내가 물었다.

"그래. 넌 문제가 많니?"

"네." 나는 매우 진지하게 대답했다.

그는 웃지 않았다. 나는 그런 그의 태도에 감사했고, 그는 다시 대화로 돌아갔다.

"몇 살이니?" 내게 다시 물었다.

그는 내 거짓말을 믿지 않았다. 모든 상황을 미루어 볼 때 아직 그의 질문에 대답하고 싶지 않았지만 의지할 사람이 필요했다.

"열세 살이에요."

"열세 살에 가출을 하려면 대단한 용기가 필요할 텐데." 그는 나를 존경의 눈으로 바라보고는 말을 이었다. "어린아이가 그 나이에 가출하는 것은 생존하는 데 필요하기 때문이지……. 그러니까 자라려고……. 네 문제도 그 일과 관련이 있니?"

나는 고개를 끄덕였다. 더 자세히 말하고 싶지 않았다. 그러나 '자라려고'라는 표현이 정곡을 찔렀다. 나는 그가 비유적으로 말하고 있지만 매우 정확히 표현했다고 생각했다.

"샌드백을 치면 기분이 훨씬 좋아질 거다……." 그가 말했다.

나는 화가 나서 그를 칠 기세였지만 그저 바라보기만 했다. 그러고는 조금 전에 그에게 묻고 싶었으나 나를 매우 당황스럽게 해서 하지 못했던 질문을 던졌다.

"어린아이와 함께 있는 걸 사람들이 보는 게 겁나지 않나요?"

"어린아이와 함께 있는 걸 사람들이 보는 게 겁나지 않느냐고?" 그는 내 질문을 되풀이했다. "네가 샌드백을 힘껏 쳐서 너와 함께 있는 게 두려워지도록 해주겠니?"

그는 웃었다. 나도 미소를 지었다. 그는 재치가 있었다.

"이제 저를 이해하시네요. 배에서 사람들은 내가 혼자인 걸 알았어요. 게다가 나는 키가 작아서 여덟아홉 살로 보일 수 있겠죠. 그런데도 당신은 나를 이렇게 배의 한쪽으로 데려와서 계속 말을 거시네요." 나는 좀 더 명확하게 본론으로 돌아왔다.

"나한테 넌 어린아이가 아니야. 하나의 에너지지, 아직은 불안정한 에너지." 그가 대답했다.

이 말을 할 때 조지는 마르틴을 많이 연상시켰다.

마르틴은 죽음을 앞두고 병원에서 매우 힘든 시간을 보낸 반면, 조지는 카프리로 가는 페리에서 완전한 건강을 유지하고 있었다. 그러나 그 두 사람에게는 모두 나로 하여금 균형을 유지하게 하는 어떤 힘이 있었다. 그들이 마치 내 세계의 일부인 것 같았다. 그들이 하는 말은 나를 사로잡았고, 이야기는 내 흥미를 돋우었다……. 내 인생에 이런 영향력을 끼친 사람들은 별로 없었다.

그리고 나는 여전히 그런 사람을 찾고 있다.

바로 그 순간, 비록 그 당시엔 깨닫지 못했지만 그때 페리에서 나는 한 번도 들어본 적 없는 가장 중요한 교훈을 얻었다.

아니 그보다도……. 물론 "네가 나에게 오라고 하면 ……"이라는 노래에 대해 나에게 얘기해준 한 노부인은 그 교훈 이상의 교훈을 줄 것이다. 그러나 인생의 교훈에 순서를 매기기란 쉽지 않다. 열세 살에 그것을 받아들이는 방법과 40대에 받아들이는 방법이 완전히 다르기 때문이다.

이제 다시 그 순간, 조지가 내게 자신의 이론, 자신의 교훈을 들려주던 때로 돌아가자.

인생이 항상 그러하듯이 그 순간에는 그 말에 큰 의미를 두지 않았다. 그러나 지금은 그 의미를 이해한다. 나는 어떻게 내가 그토록 오랫동안 그의 말과 반대로 살아왔는지 모르겠다…….

"우리는 에너지야." 그는 내가 샌드백을 치기를 기다리며 샌드백이 움직이지 않게 붙잡은 상태로 말했다. "에너지는 내가 이 모든 세상에서 보는 것이지. 네가 그것들을 보고 듣고 사랑하고, 너 자신이 그것들을 사랑한다는 걸 알았을 때 너를 가득 채우는 에너지들. 너의 길을 찾게 도와주는 에너지들. 에너지들은 위장할 수 없고 원래 그 모습 그대로야. 미래를 볼 수 있게 도와주거나, 어린 시절이나 청소년기로 돌아가도록 도와줄 수도 있지. 나는 에너지를 찾고 있어. 에너지에서 나이나 성별, 외모는 중요하지 않아. 육체, 말, 사랑, 욕망 뒤에 그러한 강력한 에너지가 있지. 우리는 에너지 사냥꾼들이란다. 다니, 운동으로 체력을 단련하면 너는 더 좋은 사냥꾼이 될 수 있어. 네 몸과 너 자신의 에너지를 단련하렴. 그러면 네가 필요로 하는 다른 에너지를 얻을 준비가 될 거야. 네 인생을 완성하기 위해서 얼마만큼의 에너지를 발견해야 하는지 아니?"

나는 거의 아무것도 이해하지 못한 채 고개를 저었다. 그의 말을 끊고 싶지 않았다.

"너한테 충격을 주는 딱 네 가지만 발견하면 돼. 그거면 충분해."

그리고 그는 내 눈을 바라보았다.

"자, 쳐. 세게 쳐. 네가 가진 문제들을 타격으로 바꾸고 샌드백을 쳐서 흔들어. 그러면 샌드백이 너를 잘 받아줄 거야. 장담한다⋯⋯."

나는 망나니 형과 그가 내게 저지른 못된 짓을 생각했다. 나는 힘을 얻고 싶었다. 언젠가 형에 대해 여러분에게 얘기할 기회가 있기를 바란다.

나는 부모님의 죽음도 생각했다. 내 인생에 얼마나 그들의 도움이 필요했는지⋯⋯. 내가 키가 클지도 모른다고 그들에게 불어넣었을 기대감과, 두려워서 낯선 곳으로 가지 못하는 감정에 대해서도 함께 생각했다.

그리고 나는 있는 힘껏 내 모든 문제와 걱정을 담아 주먹을 휘둘렀다. 마지막 순간에는 고독과 아픔, 애정 결핍에 대한 문제들도 추가했다.

이 모든 것이 샌드백에 끼친 충격은 대단했다. 나는 그 샌드백이 이렇게 다양하고 많은 문제가 담긴 타격을 받아본 적은 없으리라고 확신한다.

내 손가락이 몇 개쯤 부러졌을 거라고 생각했는데,

그 대신 샌드백이 내 타격을 받아들여 작고 뼈가 앙상한 내 손이 그 천 속으로 푹 들어간 것을 감지했다.

야릇한 기쁨을 느꼈다.

아픔이 기쁨으로 변했다. 나는 미소를 지었다.

"잠잘 곳은 있니?" 조지가 내게 눈길로 우리가 카프리 항에 진입하고 있다는 것을 알려주며 물었다.

나는 고개를 저었다.

"집으로 갈래?" 그가 물었다.

그가 내게 '나의 집'이라고 하지 않고 그냥 '집'이라고 말해주어서 기분이 좋았다. 마치 우리 집을 말하는 것 같았다.

나는 고개를 끄덕였다. 그가 두렵지 않았다.

나는 샌드백을 네 번 더 치고 나서 스무 번을 칠 때까지 다시 네 번씩 더 쳤다. 그리고 스무 번을 더 치고 계속해서 마흔 번을 더 쳤다.

결국 샌드백을 200번쯤 치자 점점 더 기분이 좋아졌다. 그러나 더 세게 칠 때마다…… 그 이상한 샌드백이 내 모든 분노를 흡수해버리고 대신 기쁨과 행복감을 나에게 되돌려주는 것을 느꼈다.

　내 분노를 흡수했다.

　지금 그 샌드백이 있다면 좋을 텐데. 지금 나는 많은
분노와 문제들을 끄집어낼 필요가 있다…….

10
눈에 잘 띄는 것이
그렇지 못한 것을 감춘다

그 샌드백이 있다면……

검색요원이 나를 불렀다. 나는 안도의 미소를 지었
다. 공항에서 자기 이름을 부를 때 좋아하는 사람은 내
가 처음일 거라고 생각했다.

"이 가방 주인 맞나요?"

"네." 나는 기대감에 차서 말했다.

"가방에 금지된 물건이 들어 있습니다." 검색요원이
말했다.

"정말요?" 나는 놀라는 척하며 대답했다.

이유는 모르겠지만, 그 순간 약간의 연기를 하고 싶었다.

그는 내 가방을 열기 시작했다. 나는 줄곧 미소를 머금고 있었는데, 그 향기에서 벗어나고 싶은 마음이 그만큼 간절했기 때문이다.

"왜 웃는 거요?" 믿음직스럽지 않은 그 검색요원이 내게 물었다.

"별거 아닙니다. 개인적인 일이에요." 내가 대답했다.

그는 가방 속으로 무작정 손을 집어넣고 내 옷들을 휘젓기 시작했다.

나는 호흡을 가다듬었다. 만일 그가 향수병을 압수하면 나 자신의 문제에만 집중할 수 있을 것이다. 마음의 안정을 찾아야 했다…….

그녀의 향기를 잃는 것 또한 힘들기는 마찬가지였다. 그녀를 두 번 잃는 것과 같았다.

검색요원이 내 가방을 뒤지는 동안 나는 본능적으로 휴대전화를 켰다. 그녀의 메시지가 와 있기를 기대했다. 우리 관계가 나시 시작될 수 있다고 믿게 해줄 만한 희망적인 무언가를 기대했다.

그러나 휴대전화에 그녀의 흔적은 없었다.

나는 찌르는 듯한 고통을 느꼈다. 관계가 깨질 때 최악은 헤어진 다음에 후회의 징후가 없는 것이다. 그것은 모든 게 끝났다는 뜻이다. 반면에 후회한다면 다시 시작할 수 있다.

"이런 건 소지할 수 없습니다."

검색요원이 내 가방에서 꺼낸 것은 단안경에 붙은 은 도금 등대였다. 그것은 나의 가장 소중한 재산이었다.

나는 검색요원이 다른 것도 더 꺼내기를 기다렸지만 그는 곧 가방을 다시 닫았다. 향기 가득한 그 향수병을 보지 못했다는 게 의아스러웠다.

믿을 수 없었다. 눈에 잘 띄는 것이 그렇지 못한 것을 감춘다.

그 사람은 은으로 도금한 등대를 들고는 자개 손잡이가 달린 권총이라도 발견한 듯 나를 노려보았다.

"그냥 단안경에 붙어 있는 등대예요. 해로운 물건이

아니라고요. 단안경과 등대 둘 다 사람을 죽이거나 해치는 데 쓰이는 게 아닙니다." 내가 설명했다.

"단안경을 떼어내면 찌르는 데 쓰일 수 있어요." 그가 끝부분을 만지면서 말했다.

"거기에 총알을 많이 집어넣으면 자동소총이 될 수도 있겠네요……." 내가 걱정스러운 투로 대답했다.

그는 불쾌한 표정으로 나를 바라보았다. 내 반어법을 이해하지 못한 것 같았다. 그런 부류 사람들에게 해서는 안 되는 일이 있는데, 바로 조롱이다. 왜냐하면 그럴 경우 바로 공격을 해오기 때문이다.

"이 물건을 압수해야겠어요." 그는 권위와 악의가 뒤섞인 어투로 말했다.

그 말을 듣고 내가 그 물건을 잃을 수도 있다는 생각이 들자, 나는 더 사나워졌다. 대부분 사람들은 내면에 극단적 양면을 품고 있다. 나는 화가 나면 이성을 잃는다. 내 생각을 전부 말하지 못하면 무언가가 폭발해 억누를 수 없는 상태가 된다.

불의, 타인의 고통, 나 자신의 고통, 모욕과 몰이해

가 그런 현상을 일으킨다.

　나는 폭발하면 광기를 일으키는 것처럼 눈빛이 강렬해지고 언성이 높아진다. 그리고 모든 것을 끄집어낼 때까지 진정하지 못한다.

　그런 상태에서는 대개 내 목적을 달성하지 못하지만 적어도 마음은 편안해진다. 그 버릇을 고칠 수도 있겠지만 그게 내 성격이며, 나로 하여금 평정심을 갖게 한다고 생각한다.

　그래서 나는 이성을 잃고 그 작자에게 고래고래 소리를 지르기 시작했다. 단안경의 일부가 되어버린 그 등대가 내 인생에서 잃어버릴 수 없는 선물이라는 사실을 알려주고 싶었다. 그래서 내가 항상 지니고 다니며, 나를 안전하게 해주고 이 세상 그 무엇과도 바꿀 수 없는 물건이라고 말했다……. 이 모든 이야기를 가장 기분 나쁜 목소리로 모욕적인 표현과 욕설을 섞어가면서 말했다.

　여러분에게 고백하건대 이 말들은 지금의 내가 아니라 열 살짜리 소년이 한 것으로, 소년은 선물을 준 사람이 수술받는 동안 기다려주었고 그에 대한 감정적 보상과 금속 등대라는 물질적 보상도 받았다. 그 사람의 마지막 선물이었다. 나는 그것을 절대 잃어버리지 않고 늘 지키겠다고 그에게 약속했다.

사실 마르틴 옆에서 지낸 그 마지막 시간들은 이미 내 DNA의 일부가 되었다. 그 시간은 작은 키로 살아온 나 자신의 일부고, 단번에 나를 어른으로 대해주었던 사람과 함께 지낸 시간이다.

나는 항상 우리 인생에 우리를 도와주고 사랑해주는 사람들이 있고 우리가 그들을 무척 필요로 하기에, 그들을 잃으면 아무도 그 허전함을 메울 수 없을 거라고 생각했다.

나는 너무 어렸을 때 부모님을 잃었으므로 나에 대해서, 나의 세계와 나의 사소한 것들에 대해서 궁금해하는 안부전화를 받은 적이 없다.

여자 친구의 어머니는 딸에게 전화해서 잘 지내는지, 겨울이 다가오는데 외투는 준비했는지 물었다. 나는 그게 너무 부러웠다⋯⋯.

내 세계에도 그런 사람이 한 사람쯤 있었으면 했다. 일요일에 집에 식사를 하러 오는지, 잘 지내는지, 행복한지, 양말은 충분한지, 저축은 하는지, 여자 친구는 마음에 드는지, 그녀와 아이를 낳을 것인지, 그러면 언제 아이를 낳고 어떻게 양육할지 물어보려고 전화해줄 어머니나 아버지가 있기를 바랐다.

그렇지만 내 부모님은 떠났고, 내게 그런 질문을 해주는 사람은 아무도 없었다. 형이 대신해줄 수 있겠지만 내게 말도 걸지 않은 지 꽤 오래되었다…….

키가 좀 더 커야 한다는 생각이 우리 사이를 갈라놓았다. 키 때문만이 아니라 부모님에 대해 자부심을 갖느냐 못 갖느냐의 차이도 상당했다.

형은 내가 자존심 때문이 아니라, 나와 그 약속을 한 부모님이 곁에 있지 않아도 내가 지켜야 할 약속이기 때문에 키가 크기를 바란다는 것을 이해하지 못했다.

마르틴을 잃은 일 역시 내게서 많은 것을 빼앗아 갔다…….. 왜냐하면 그와 함께 내 어린 시절의 일부, 다시 말해 죽음은 다른 사람들의 일이고 나와는 조금도 상

관이 없다는 믿음의 일부가 사라졌기 때문이다. 내 생
각이 얼마나 틀렸는지……

  나는 검색요원에게 계속 소리를 질렀고, 그러는 동
안 내 휴대전화 벨소리도 줄기차게 울려댔다. 카프리
의 아버지는 노심초사했고, 그의 아들은 나를 어디선
가 기다렸고, 나는 마르틴과 내 등대를 다시 찾을 생각
만 했다.

  방황하는 어린아이와 잃어버릴 위기에 놓인 등대…….

11
생명을 주는
모든 것은 살아 있다

나는 천천히 중환자실로 들어갔다. 그리고 나라는 작은 존재 앞에서 모든 것이 어떻게 돌아가는지 주목했다.

겁이 났다. 내가 그의 보호자라 그와 함께해야 한다는 걸 알았지만, 그 모든 것이 두려웠다. 내가 병원에 입원한 것은 편도를 떼어내기 위해서였기에 내 입원기간은 매우 짧아야 했고, 중환자실 같은 건 계획에도 없었다.

그곳에 입원해 있는 다른 환자들은 내게서 눈을 떼지 못했다. 비록 그 당시 내 나이일 때는 왜소증이 있는 아이와 평범한 어린아이 사이에 큰 차이가 없었지만, 그들은 내게서 뭔가 차이점을 알아차린 것 같았다.

입원실로 나를 찾으러 온 간호사가 앞장서서 가고, 나는 마치 급하게 찾아야 할 누군가를 데리러 가는 사람처럼 그녀의 뒤를 바짝 쫓았다.

잠시 후 나는 시선을 떨구었다. 그곳의 환자들을 보고 싶지 않았기 때문이다. 그곳에는 신음과 코 고는 소리, 침묵의 통증이 뒤섞여 있었다.

넓은 병실과 이들 소리가 내 털들을 곤두서게 했다. 그 당시는 아직 내 재능을 발견하지 못했을 때지만 실제로 털이 곤두선 것이 분명했다.

우리는 그 방 끝에 이르렀고, 나는 그를 보았다.

겨우 다섯 시간이 지났을 뿐인데 5년은 더 늙어 보였다. 상반신이 다 드러나 있었고, 거즈를 너무 많이 붙여놓아서 마치 조잡한 천들을 모아놓은 듯 보였다. 게다가 그의 몸 여기저기에 10여 개의 선들이 이어져 있었고, 그 선들은 그의 몸속 물질의 일부를 뽑아내고 있었다.

"곧 돌아올게. 그의 옆에 앉아 있으렴." 간호사가 작은 나무의자를 펼쳐주며 말했다.

나는 한 손으로 그 의자를 잡고 천천히 그의 침대로 다가갔다. 다른 손은 그의 물건들, 그의 상자에서 발견한 모든 것을 쥐고 있었다. 등대 사진들, 숫자 리스트, 반은 등대고 반은 단안경인 이상한 물건까지······.

그의 호흡은 매우 강했다. 온 힘을 다해 공기를 들이마시는 것 같았다. 또한 그의 눈은 살며시 감겨 있었는데, 마취 때문이라고 생각했다.

내가 알고 있는 바로 그 마르틴이었지만, 혼수상태에 빠진 듯했다. 마치 여러 차례 무차별 총격을 당한 상처투성이 동물 같았다.

그의 옆에 앉는 데 시간이 걸렸다. 내 한쪽 손에 나무의자의 감촉이 느껴졌고, 다른 병실에서 내가 훔쳐본 그 모든 물건이 주는 이상한 마찰 역시 느껴졌다.

나는 마치 그 중환자실의 침입자 같았다. 그래서 그의 옆에 앉는 게 겁났다. 그를 더 잘 알고 그의 세계를 이해하며 그 힘든 순간에 그의 옆에 있어야 할 사람의 자리를 빼앗는 것 같았다.

그러나 거기에 다른 사람은 없었고, 그는 그런 종류의 사람들은 이제 그의 세계에 없다고 말했었다.

나는 다시 주저했다. 그러나 결국 그의 옆에 앉기로 했다.

나는 그가 맞고 있는 혈청 링거액 아래 천천히 의자를 갖다 댔다. 내가 앉을 적절한 장소는 그에게 영양분을 공급하는 주사액 밑이라고 생각했다.

나는 그의 옆에 놓인 협탁 위에 편지봉투와 사진과 그 기묘한 물건을 올려놓았다. 그 모든 것이 한 협탁에서 다른 협탁으로 옮겨졌다는 것이 이상했다.

마르틴은 계속 눈을 감고 있었다. 그의 왼쪽 손이 내 손 아주 가까이에 있었고, 그의 손가락은 약간씩 벌어져 있었다.

나는 내 손을 그의 손 가까이 가져갔지만, 잡지는 않고 두 손이 닿을락 말락 하게 두었다.

나는 그가 죽음의 문턱에 있지만 손을 잡아줄 정도로 우리가 그렇게 가깝다고는 느끼지 않았다.

그러한 생각이 아주 잠시 매우 강렬하게 들었는데, 그 순간 이 말을 들었기 때문이다.

"죽어가는 사람의 손을 만지는 게 겁나니, 다니?"

나는 놀라서 그를 바라보았다. 그가 살며시 눈을 떴다. 나를 바라보고 있었다.

그의 시선은 내가 그를 처음 만났을 때처럼 강렬했다. 그러나 그의 정맥에 영양을 공급하던 오일가스는 에너지를 잃은 것 같았다. 그는 이제 모든 에너지를 잃어가고 있었다.

나는 그의 강렬한 힘을 느꼈지만, 조만간 그 힘이 멈추리라는 것을 알았다.

그에게 미소를 지어 보이며 그의 손을 잡았다. 충동적인 행동이었다.

"아직도 폐 하나가 느껴져." 그가 가슴을 만지면서 말했다. "그건 뭔가 안 좋다는 뜻이지, 그렇지?"

"그런 거 같아요." 그의 손을 꽉 잡으며 대답했다.

"내가 죽을 거라고 말해주었니, 청년 다니?"

청년 다니……. 더는 나를 그렇게 불러주는 사람이

없었다.

나는 인생에서 진실을 말해야 할 때가 있고 거짓말을 해야 할 때가 있다는 사실을 알았다.

"네, 당신은 죽을 거예요."

그때가 진실을 말해야 할 순간 중 하나였는데, 그에게 거짓말을 한다 해도 믿지 않을 줄 알았기 때문이다.

"고맙다." 그가 매우 진지하게 대답했다. "그 말을 해줘서 고마워, 청년 다니."

그는 이미 감지하기라도 한 듯, 거기 뭐가 있는지 아는 사람처럼 협탁으로 고개를 돌렸다. 그리고 그곳에 옮겨진 자신의 물건들을 곁눈질로 보았다.

"내 인생에 대해 조사했니?"

"그러려고 했어요……."

"네가 마음에 드는구나." 그의 눈이 살며시 감겼다. 그렇지만 그는 곧 다시 눈을 떴다. "그 사진들이 뭔지 아니?"

"등대요, 맞지요?"

그는 웃기 시작했다. 나는 영문을 몰랐다. 그러나 그

의 큰 웃음은 잠시 후 심한 기침으로 변했다.

나는 웃음이 기침이나 눈물로 변하는 것을 증오한다. 그것은 우리 몸의 감정의 소리가 우리 통제를 벗어나서 변하는 현상이다.

그의 기침이 멈추었다.

"사진을 이리 주겠니?"

나는 그의 손을 놓고 그에게 사진과 봉투를 건네준 뒤 다시 그의 손가락을 어루만졌다. 그의 손가락을 만지는 것은 마치 내 구명기구가 나를 놓지 못하게 하려는 것 같았다.

그 상황은 너무 강렬해서 나에게 큰 영향을 주었다.

"그냥 등대가 아니란다. 내 삶의 일부지." 그는 사진 한 장 한 장을 애정 어린 눈길로 바라보면서 말했다. "내 시선의 그림자야." 그는 잠시 멈추었다가 다시 말을 이었다. "나는 이런 등대들의 안과 의사였지. 나는 오랫동안 등대들을 수리했어. 그게 내 일이란다……."

그는 곧 깊은숨을 내쉬고는, 잠시 후 말을 이었다.

"등대들을 방문하는 건 자식을 다시 찾은 것 같은 즐

거움을 주었어. 항상 곁눈질로 주변을 보면서 아무도 사고를 당하지 않게 감시하는 내 아들 같았지. 등대 안으로 들어가는 건 그의 배를 느끼고 식도를 만지는 것 같았어……. 거기가 이 우주에서 나를 가장 잘 느낄 수 있는 곳이었지……."

그는 다시 눈을 살며시 감았다.

나는 그를 잃고 싶지 않았기에 온 힘을 다해서 그의 손을 잡았다.

"청년 다니? 나는 여기 있단다." 그가 살며시 미소 지었다. "어디까지 얘기했지?"

"등대에 대한 것까지요."

"내 등대, 그렇지……." 그는 이 말을 하고 다시 잠에 빠져들려고 했다.

나는 대화를 이어가려고 그에게 물었다.

"등대 사진 뒷면에 있는 형용사 낱말은요? 그 등대들을 다시 보았을 때의 느낌인가요?"

그는 다시 미소를 지었다.

"아니." 한동안 침묵이 흘렀다. "등대들이 느끼는 감성이란다. 등대들이 느낀다고 내가 감지한 느낌이지."

그는 등대 사진 몇 장을 들어 뒤쪽에 쓰인 낱말을 보려고 뒤집으면서 천천히 이야기해주었다.

"어떤 것은 늙어서 슬프다고, 어떤 것은 운이 좋아 행복하고 유익하다고 느낀단다……. 대부분은 피곤하다고 느끼지……. 나는 등대들을 수리하고 항상 밤을 함께 보냈단다. 밖에서 그들의 등을 어루만지고, 그들에게 내 귀를 대고 그들이 해주려는 이야기를 들었단다. 그 덕분에 수많은 생명을 구했지……."

나는 그를 바라보았다. 등대들이 살아 있지 않다는 것을 알았지만, 그가 매우 실감 나고 강하게 얘기해서 등대가 살아 있지 않다는 사실에 의심이 들 정도였다.

나는 그를 뚫어지게 바라보았다. 그도 내 판결을 기다리면서 나를 바라보았다. 그가 죽어가고 있다고 해서 무조건 그가 옳다고 말해주고 싶지는 않았다. 그것은 옳지 않았다.

"등대는 살아 있지 않아요, 마르틴 아저씨." 나는 판결을 내렸다.

그는 말없이 한참 동안 나를 바라보았다. 그러고는 내게 물었다.

"살아 있다는 게 뭐니?"

나는 불합리하거나 사기성이 있거나 대답하기 어려운 질문들을 받는 걸 제일 싫어한다. 나는 대답하지 않았다.

"살아 있다는 건…… 생명을 주는 거야." 그는 스스로 대답했다. "네 주변에 있는 것들에게 생명을 주는 것. 생명을 주는 모든 것은 살아 있다는 걸 기억해라. 그 등대들이 구한 생명을 상상해보렴. 바다에 빠질 뻔한 생명들……."

그는 갑자기 미소를 지었다. 그 '생명을 준다는 것'의 본보기가 될 개인적 사건이 떠오른 것 같았다.

"열일곱 살 때 마네킹과 사랑에 빠졌지……."

그가 너무 크게 웃어서 중환자실의 간호사 셋이 돌아볼 정도였다.

"아름다운 마네킹이었어. 날마다 오후 3시에 그 가게 앞을 지나면서 마네킹의 맵시와 옷을 입고 있는 그

우아한 모습, 그리고 지나가는 사람들을 바라보는 마네킹의 자태와 진열장을 여유롭게 통제하는 모습을 감탄하며 바라보았어. 나는 정말 마네킹이 좋아서 밖에서 보는 것만으로는 만족할 수 없었지. 그래서 열여덟 살에 그 가게 판매원으로 일하기 시작했단다. 덕분에 그녀를 돌보고, 그녀의 옷을 사 가려는 사람들에게서 그녀를 보호할 수 있었지. 사람들은 그녀가 입고 있는 옷이 자기들에게 가장 잘 어울린다고 생각했거든. 그녀가 입은 옷을 하나도 빼앗기지 않았다고 장담할 수 있어. 난 그걸 허용하지 않았지. 그녀가 자신에게 옷을 입혀주는 사람 앞에서 옷을 벗고 있게 된다면 수치스러운 일일 테니까."

그는 다시 미소를 지었다. 그러나 이번에는 그의 얼굴에서 그 시절에 대한 향수 같은 것이 느껴졌다.

"청년 다니, 나는 매일 밤 가게 문을 닫은 뒤 음악을 틀어놓고 그녀와 함께 춤을 추었어……. 그 순간은 우리만의 시간이었지, 우리만의……. 그녀는 살아 있었어. 왜냐하면 내게 생명을 주었기 때문이야……." 그가 나를 뚫어지게 바라보았다. "이 세상에서 행복해지는 법칙을 알고 싶니?"

나는 놀랐다. 그 질문이 등을 어루만져주던 등대와 해 질 녘 판매원과 춤을 추는 마네킹에 대한 이야기에 뒤이어 곧바로 나오리라고는 전혀 예상치 못했기 때문이다.

이제 그가 내 손을 꼭 쥐었다. 아주 세게…….

"알고 싶니, 청년 다니? 너에게 무한한 행복을 가져다줄 비밀에 대해 듣고 싶니?"

내가 그렇다고 대답하기도 전에 간호사가 오더니, 면회시간이 끝나서 그만 가야 한다고 말했다. 나는 마지못해 간호사의 말에 따랐다. 그때 그 간호사는 그다지 무례하지 않았고, 마르틴이 쉬어야 한다는 사실 또한 알았기 때문이다.

그의 소중한 물건을 가지고 중환자실에서 나왔을 때 그와 함께 내 미래의 행복도 사라질까 봐 두려웠다. 그가 내게 그 비밀을 이야기해주지 못해서 내가 늘 불행할까 봐…….

12
예전에 사랑이었던
모든 것

"안전벨트를 매주세요."

　내 안전에 대해서 많이 걱정해주던 그 스튜어디스는 내 영원한 행복을 소유했던 그 사람에 대한 기억에서 나를 꺼내주었다.

　안전 대 행복. 나는 동그스름한 단안경에 붙은 은빛 등대를 손에 쥐고 있었다.

　그때 내 간청 덕분에 원하던 목적을 달성했다. 그게 아니라면 검색요원도 마르틴 같은 사람을 알고 있었기에 내 이야기에 공감했는지도 모른다.

내가 이루지 못한 것은 그녀의 향기에서 자유로워지는 일이었지만, 등대를 다시 찾은 마당에 그것까지 부탁할 수는 없었다. 그녀의 향기는 이제 내 머리 위에 있었다. 그것을 감지할 수 있었다.

지금 그녀를 잃을 수 없는 것은 아직 내가 그녀를 잃을 때가 아니라는 표시라고 생각했다…….

나는 마르틴이 생전에 그랬던 것처럼 등대를 꼭 쥐었다.

일을 해야 한다고 생각했다. 실종된 아이 문제를 생각해야 했다. 두 시간 안에 그 아이의 아버지는 내게 수많은 질문을 할 테니 나는 답변을 준비해야 했다.

비행기가 활주로로 움직여 갈 때 잠시 휴대전화를 열어보니 그 아이의 아버지가 보낸 이메일이 도착해 있었다.

나는 미소를 지었다. 기술은 나를 매료한다.

"휴대전화를 꺼야 합니다."

스튜어디스로 위장한 경찰들 역시 나를 매료한다.

나는 이륙하기 전에 실종된 어린아이의 얼굴을 봐야한다. 얼굴을 보는 게 많은 도움이 되기 때문이다. 그러나 스튜어디스는 내 곁을 떠나지 않았다.

그 아이의 얼굴을 보려는 이유는, 그래야 내가 그 아이와 더 가까워지기 때문이다. 나는 항상 실종된 아이들의 얼굴을 보자마자 그들과 유대감을 느꼈다. 그러면 가출했을 때의 내 얼굴이 기억나고, 그 모든 것이 내게 실종자를 찾을 힘을 주었다.

어른이 되어서 방황하지 않으려고 어린 시절에 방황하는 것에 대해 이야기한 조지의 말이 생각났다. 그 얘기는 내 인생에서 지금 이 순간 그다지 공감되지 않는 말이었다. 나는 어릴 적에 방황했고, 성인이 된 지금도 완전히 또다시 방황하고 있기 때문이다.

휴대전화를 껐다. 스튜어디스는 작지만 위대한 승리를 거둔 뒤 만족스럽게 걸어갔다.

비행기가 이륙하려고 했다. 나는 본능적으로 윗옷 안주머니에 손을 댔다. 나는 자동차나 배 또는 비행기로 여행을 시작하기 전에 늘 그렇게 한다. 반지 두 개가 들어 있는 작은 검은색 봉투를 만져야 안심된다.

둘 중 하나는 아버지의 것이다. 장례식 날 아버지의 손에서 반지를 뺐다. 나는 그것을 한 번도 끼지 않았다. 아버지의 이름은 미켈^{Mikel}인데, 그 반지에는 '미^{Mi}'(스페인어로 '나의'라는 뜻)만 새겨져 있고 '켈'은 오래되어 지워졌다.

그 'Mi'는 많은 것을 의미했다. 나의 아버지, 나의 운명, 나의 반지, 나의 힘…… 나의…….

비록 나는 아직 그 반지를 낄 자격이 없지만, 'Mi'가 새겨진 그 반지는 빛이 나기까지 했는데 놀라운 힘을 갖고 있기 때문이다.

또 다른 반지는 내 애인이 나를 가장 사랑하던 날 선물해준 것이다. 물론 그녀가 최고로 나를 사랑한 날이 정확히 언제인지 알기란 쉽지 않다. 그러나 여러분에게 맹세하건대 남녀관계가 끝나고 나면 그날이 언제인지 알 수 있다. 그것을 느끼고, 직관할 수 있다…….

달리기를 할 때는 어느 지점이 높고 낮은지 볼 수 없지만, 경주가 끝나면 분명히 알 수 있는 것처럼 말이다.

여러분에게 나와 그녀의 관계를 설명해야 한다는 것을 안다. 여러분에게 그것을 약속했다. 그녀에 대해서 이야기해야 한다. 그녀를 어떻게 알게 되었는지, 그녀가 나를 어떻게 사로잡았는지, 내가 얼마나 많은 실수를 저질렀는지, 왜 그랬는지, 그리고 그 실수들이 어떻게 전에는 사랑이었던 것을 끝내버릴 수 있었는지 이야기해야 한다…….

조지는 연인이 다투고, 사랑하고, 함께 자는 것을 보지 못한 사람은 그들의 관계를 이해할 수 없다고 말한 적이 있다.

다투고, 사랑하고, 함께 자고…….

비행기는 이륙했고 나는 반지 두 개를 꼭 쥐었다. 그것은 내게 아무 일도 일어나지 않으리라는 안도감을 주었다. 내가 가장 사랑했던 사람들의 기운을 받은 것이다.

실종된 아이 사진을 보지 못해서 아쉬웠다. 방황하던 나의 어린 시절로 돌아가고 싶었다. 나는 눈을 감은 채 여행 생각은 하지 않고 조지와 함께 지낸 날들을 추억하기로 했다.

13
걷기 전에
넘어지는 것을 배우기

비행기가 이륙한 뒤 나는 곧 페리가 카프리에 도착하던 순간으로 돌아갔다.

조지는 샌드백을 집어서 등에 짊어졌다. 내가 몇 분 전에 그렇게 온 힘을 다해 타격했던 그 거대한 자루의 무게 때문에 그의 의족이 휘청거릴까 봐 겁났다.

"내가 넘어질까 봐 겁나니?" 그는 등에 짐을 지지 않은 사람이 통과하기에도 어려운 통로를 아슬아슬하게 내려가면서 말했다.

"조금요." 나는 만약에라도 그가 넘어지면서 나를 덮칠까 봐 그에게서 조금 떨어지며 대답했다.

"나는 한 번도 넘어지지 않았단다. 걱정 마라. 나에게 다리로 걷는 것을 가르치기 전에 넘어지는 것부터 가르쳐주었거든."

"걷기 전에 넘어지는 것부터요?" 의아해서 물었다.

"그래, 그래서 넘어지는 것이 두렵지 않아. 넘어지는 게 두렵지 않으면 더 잘 걷게 되고 뛸 수도 있단다. 인생의 모든 일이 그래야 하지. 먼저 넘어지고, 그다음에 걷기."

나는 미소를 지으며 그에게 다가갔다. 이제 그가 넘어질까 봐 의심하지 않는다는 내 마음을 그가 알아주었으면 했기 때문이다.

"다리는 몇 살 때 잃었어요?" 내가 물었다.

"네가 집에서 도망치기로 결심한 나이란다."

그는 고개를 돌리지 않았지만, 나는 빈정거림이 가득한 그의 옅은 미소를 눈치챘다.

나는 화가 나서 주장했다.

"나는 도망치지 않았어요. 이미 얘기했잖아요."

"그렇다면…… 어떻게 된 거니?"

"가출을 했지요." 나는 확신에 차서 단언했다.

그는 더 묻지 않았다. 우리는 페리에서 내린 뒤 30분 동안 말없이 계속 걸었다. 높은 언덕길과 좁은 골목길, 긴 도로를 지났다……. 그는 주저하지 않고 줄곧 일정한 속도로 걸었다.

우리는 마침내 희뿌연 색의 작은 집에 도착했다. 그가 열쇠로 열지 않았는데 문이 열렸다.

우리는 안으로 들어갔다. 그는 아래층으로 나 있는 계단에 샌드백을 내려놓았다.

나는 문가에서 기다리다가, 이제 그만 가야 하는 게 아닌지 망설였다. 그래야 내가 그의 영향력에서 벗어날 수 있으리라는 단순한 생각이었다.

그러나 나는 떠나지 않았다. 그에게서 아직 많이 배워야 한다는 것을 알았기 때문이다. 그리고 부인할 수 없는 사실은 내가 혼자 있고 싶지 않다는 것이었다.

그는 잠시 후에 돌아왔고, 샌드백을 메고 있을 때와

같은 속도로 걸었다.

우리는 집 한가운데로 갔다. 내게는 그곳이 마치 중력의 중심인 것 같았다. 집 전체가 매우 어두침침했다. 그는 큰 창문들을 열었다. 그러자 커다란 발코니가 드러났다. 나는 혼란스러웠다. 그곳이 진정한 중심이었기 때문이다.

나는 인상적인 테라스로 나갔는데, 카프리 항구 전체가 거의 다 보이는 멋진 전망에 매료되었다.

그렇게 많은 언덕을 올라올 때만 해도 그 덕분에 우리가 이런 특권을 누리게 되리라는 것을 알아채지 못했다.

때때로 인생에서도 이 같은 일이 일어난다. 가파른 길을 올라가느라 힘들어서 내가 계속 발전하고 있다는 사실을 잊게 되는 것이다.

나는 엽서에나 나올 법한 카프리의 풍경을 바라보면서 그 순간 내가 매우 운이 좋다고 생각했다.

그러다 문득 해안 한편에 왕관처럼 둘러져 있는 등대를 보았다. 먼 곳에 있었는데도 그 강렬함이 깊은 감동을 주었다.

게다가 그 등대는 예사로운 등대가 아니라 나 또한 매우 잘 알고 있는 등대였다. 그 신비스런 등대는 바로 내가 그 섬으로 도망치기로 결심한 이유였다.

주머니에 손을 넣어 단안경에 붙은 작은 등대를 꺼냈다. 그러고는 조지가 그 사실을 눈치채지 못하게 몰래 들여다보았다. 그런 다음 다시 저 멀리 서 있는 등대를 바라보았다. 똑같았다. 하나는 작고 은으로 되어 있고, 다른 하나는 거대하고 금으로 된 것 같았다. 작은 것은 내 손 안에 있고 거대한 것은 멀리 있었다.

마르틴은 카프리의 그 등대가 사랑스러운 자기 자식 같다고 말했다. 그래서 그는 그것을 영원히 남기고자 등대 모양을 본떠 단단한 금속으로 만들었다.

마르틴, 그의 가르침과 그의 세계를 얼마나 기억하고 싶었던지…….

나는 조지를 바라보았다. 내가 그토록 오고 싶던 바로 그 장소에 와 있는 이 행복한 순간에 우리는 함께 뭉칠 필요가 있었다.

"카메라 있어요?" 내가 물었다.

그는 그렇다고 대답하고, 거실에 있는 협탁 앞으로 갔다. 그 협탁에는 항상 여러 가지 물건들이 들어 있었다. 그는 거기서 카메라를 가져왔다. 전통적인 필름카메라였다.

"나는 현상하는 걸 좋아해." 구식 카메라를 갖고 있는 것에 대한 변명 같았지만, 그런 취미를 가진 데 대해 자부심을 느끼는 것 같았다. "즉각적이지 않고 시간이 더 걸려도……."

"사진을 직접 현상하나요?"

"물론이지. 원한다면 나중에 어떻게 하는지 가르쳐줄게." 그는 내게 카메라를 건넸다. "시간을 내서 사진을 찍어봐라. 필름이 두 장 남았어. 해안을 찍고 싶니?"

"아니요."

나는 카메라를 잡고 그에게 초점을 맞추었다. 그는 시선을 약간 떨구었다.

그의 모습이 담긴 뷰파인더 속 배경에 초점이 맞지 않는 등대가 함께 들어왔다. 그렇지만 우쭐한 듯 보이는 등대는 마치 배경이 아니라 목표물 앞에 자세를 취하고 있는 것 같았다. 나는 그 둘의 초점을 전부 맞추려고 했지만 어려웠다.

다시 여유를 갖고 그의 조언대로 카메라를 조작하자 마침내 둘 다 상반신만큼은 초점을 맞출 수 있었다. 나도 나 자신이 자랑스러웠다.

내가 이 사진을 현상해 손에 쥘 수 있다면, 그 뒤에 '운이 좋은' 아니면 '우쭐한'이라고 쓸 것이다. 두 형용사 모두와 어울리는 사진이었다. 그러나 나는 진짜 어울리는 단어가 무엇인지, 그러니까 마르틴이 그 등대 사진 뒤에 써놓은 단어를 알고 있었다.

등대 사진을 찍고 나자 조지가 카메라를 들고 등대를 배경으로 내 사진을 찍었다.

그는 항상 무슨 일이 일어날지, 내가 무슨 생각을 하는지 알았다. 그가 셔터를 너무 빨리 누르는 바람에 나는 미소를 짓지도, 얼굴을 찡그리지도 못했다.

그 사진을 찍자마자 필름은 빠른 속도로 감기기 시작했다. 마치 집으로 돌아오게 된 필름이 행복에 겨워

소리를 지르는 것 같았다.

그 소리를 듣자 그런 소리를 잊은 지 오래되었다는 사실을 깨달았다…….

"네 부모님에게 전화를 걸어야겠다." 그가 필름 감기는 소리와 그 순간의 감상을 깨면서 말했다. "걱정이 많으실 거야."

"부모님이 안 계세요." 나는 담담하게 대답했다.

그의 눈길에서 슬픔이 느껴졌다.

"그럼 너를 돌보고…… 너를 사랑하는 가족에게."

나는 그가 말하면서 '너를 돌보고'와 '너를 사랑하는' 사이에 잠시 멈춘 것이 마음에 들었다. 그에게 어떤 의미가 있는 말인 게 분명했다.

"아무도 없어요." 내가 대답했다.

거짓말이 아니었다.

형이 나를 사랑하지 않고 돌보지 않은 지 몇 년이 되었기 때문이다. 만약 그가 '네 존재를 참아주고 견뎌내는 가족'이라고 했다면 사실대로 이야기해줘야 했을 것이다.

태양은 늘 그렇듯 그 시간에 도망을 쳐야 했다.

그는 나를 뚫어지게 바라보더니 주제를 바꿔서 물었다.

"'빅 컨츄리 The Big Country'(윌리엄 와일러 감독, 그레고리 펙 주연의 1958년 작품) 봤니?"

"영환가요?" 내가 되물었다.

그는 웃음을 터뜨렸다.

"그래."

그러고는 내 쪽으로 다가와서 처음으로 내게 손을 댔다. 자기 손을 내 어깨에 살며시 얹은 것이다.

"네 마음에 들 거다. 모든 것에 대항해서 싸우는 사람에 대한 내용이지. 또한 세상의 광대함과 인간의 나약함에 대해서도 다루고 말이야. 보고 싶니?"

나는 머뭇거리며 망설였다. 그렇지만 그는 막무가내로 말했다.

"간단하게 저녁 먹으면서 그 영화를 보고, 그다음에 필름을 현상하자."

나는 계속 주저했다. 반면 그는 계속해서 나를 설득했다.

"이 필름에는 서의 7년 전에 찍은 사진들이 있어. 나는 그 사진들이 무척 보고 싶단다. 오랜 시간을 기다렸지……. 하지만 그전에 뭔가 장엄한 걸 즐기고 싶어. 신비로운 건 더 극대화해야 하거든."

나는 그를 바라보았다.

"그 필름의 사진들이 7년이나 되었다고요?"

"그렇단다."

"왜 아직 현상하지 않았어요? 이미 망가졌을 거예요."

"그럴 수도 있지……. 그렇지만 더는 찍을 사진이 없었어. 남은 필름 두 장이 까맣게 현상되는 걸 원치 않았기 때문일 수도 있지. 필름 스물네 장을 완벽하게 다 찍는 게 낫지 않겠니……." 그는 잠시 말을 멈추었다. "게다가 나는 그 사진들을 보는 게 아주 힘들것 같았어. 몇 년 전에 거기 나오는 사람을 잃었거든."

너무 깊은 침묵이었기 때문에 나는 차마 그 침묵을 깰 수 없었다.

그는 해안을 바라보았고, 나는 그를 바라보았다. 카프리로 오는 페리에서와 정반대였다. 페리서는 내가 샌드백을 바라보고, 그는 나를 바라보았으니.

그렇게 10분이라는 시간이 흘렀다.

결국 그의 말을 따르기로 했다.

"그 영화가 말씀하신 것처럼 그렇게 좋나요?"

그는 기분이 좋아졌다.

"최고지." 그는 다시 행복을 되찾았다. "너한테 한 가지 제안을 할게. 여기서 사흘을 더 지내렴. 그럼 운동으로 강해지는 법을 가르쳐줄게. 그리고 매일 밤 훌륭한 영화를 보고 사진을 천천히 현상할 거야……. 매일 날이 밝기 전에 여덟 장씩."

"그다음엔요?" 내가 물었다. "사흘이 지난 다음에는요……."

나는 그가 무슨 대답을 할지 알았지만, 그의 입으로 직접 듣고 싶었다.

"그런 다음 너는 집으로 돌아갈 거야. 그러나 중요한 건, 사흘 밤 동안 세상을 멈출 거라는 사실이야."

"세상을 멈춘다고요?"

그가 고개를 끄덕였다. 그러고는 내 어깨를 다시 툭

치고 내 머리를 부드럽게 어루만졌다.

"세상을 멈춰본 적이 한 번도 없니?"

"세상을 멈추는 게 뭔데요?"

"세상을 멈춘다는 것은, 너와 세상이 나아질 수 있게 그것으로부터 벗어나는 걸 의식적으로 결정하는 거란다. 네가 움직이고 세상이 움직이도록 하기 위해. 그 순간 어느 누구도, 그 무엇도 네게 문제를 일으키지 않게 해야 해. 좋은 문학작품을 읽고, 좋은 영화를 보고, 이 세상에서 네게 영감을 불어넣는 유일한 사람과 대화를 해야 해. 그리고 너, 그거 아니……?"

"뭘요?" 나는 감동을 받았고 매료되었다.

"그러면 세상이 너에게 상을 준단다. 우주는 그것을 움직이는 사람들을 도와주거든. 그리고 그 사람들이 세상을 멈추지. 너는 세상을 움직이고 싶니, 아니면 세상이 너를 움직이게 하고 싶니?"

"세상을 움직이고 싶어요." 나는 확신에 차서 말했다. "세상을 움직이고 싶어요!"

그가 나를 거들어 함께 소리를 지르기 시작했다. "세

상을 움직이고 싶어요, 세상을 움직이고 싶어요!"

우리는 세상을 변화시킬 것이다……. 세상을 멈춘 채로.

14
희망으로 가득 찬 손과
백지수표

나폴리로 향하는 비행기에서 나는 그와 함께 세상을
멈춘 이후로 그렇게 해본 적이 없다는 것을 깨달았다.

내가 왜 그의 가르침을 대수롭지 않게 여겼는지, 그 가
르침을 어떻게 잊을 수 있었는지 모르겠다. 내가 세상을
멈췄을 때 사실 나는 많은 것을 창조하고 배웠다…….

다만 그것을 함께할 다른 사람을 찾지 못해서 세상
을 멈추는 것을 그만두었을 뿐이다.

조지는 세상을 멈추려면 두 사람이 필요하다고 주의

를 주었다. 한 사람으로는 세상을 멈출 만한 힘이 절대적으로 부족하다면서 말이다.

그 순간 비행기가 마치 온 세상이 계속 돌기라도 하듯이 시끄러운 소리를 내며 착륙했다.

착륙하자마자 휴대전화를 켜고 실종된 아이의 얼굴을 보았다. 열 살쯤 되어 보이는 얼굴에는 특별한 생기와 행복이 깃들어 있었다.

부모들은 항상 자녀들의 사진 가운데 가장 잘 나온 것을 보내주었다. 물론 그런 사진에서 아이들은 더 예쁘고 더 건강해 보인다. 하지만 나는 항상 다른 사진, 그러니까 아이들이 슬프거나 화를 내거나 기분이 언짢아 보이는 사진이 필요하다고 말한다.

어린아이의 얼굴이란 감정에 따라 많이 변해서 정확한 사진이 없으면 다른 아이를 찾게 되기 때문이다.

아이는 이틀 전에 실종되었다. 아이 아버지가 보내준 자료를 잘 살펴보면 납치당한 것이 분명하다. 이메일에는 납치 용의자가 보낸 편지도 첨부되어 있었다.

하지만 나는 그 편지를 읽지 않았다. 나는 편지를 먼

저 읽은 적이 한 번도 없다. 그전에 아이의 부모를 만나고, 아이의 학교를 찾아가고, 아이의 방을 먼저 보고 싶었다. 영화의 마지막에 이르기 전에 영화의 시작부터 알아야 했다.

먼저 아들을, 그다음에 아버지를, 그리고 마지막으로 납치 용의자를 이해해야 했다.

현재 경찰에 신고는 하지 않은 상태다. 처음에 부모들은 대개 자기 아이를 납치한 사람의 상황을 존중해준다. 그러나 72시간이 지나면 항복하고 경찰에 신고할 것이다. 72시간이 아이를 잃은 상태로 사방에 도움을 호소하지 않고 지낼 수 있는 최대한의 시간이다.

아이 아버지의 얘기로는 아이가 5시에 학교를 떠난 뒤 집에 돌아오지 않았다고 한다. 아이가 수상한 차에 타는 것을 본 사람은 아무도 없다. 단서가 될 만한 것이 전혀 없다…….

이 이야기는 다른 사건들처럼 시작된다. 한 아이가 아무런 흔적도 없이 지구 표면에서 사라진다. 항상 그렇게 시작된다…….

나 역시 그것이 전부 확실하지는 않다고 믿지만 말이다. 어린아이는 그렇게 사라지지 않는다. 자기 스스로 가거나 누군가가 데려간다. 그게 전부다. 그중 스스로 집을 나가는 것은 자기 인생이 너무 불행하다고 생각하기 때문이다.

　내가 하는 일에서 최악의 경우는 실제로 누군가가 어린아이를 데려가서 찾는 것이 거의 불가능할 때다. 실제로 이런 일은 종종 일어나고, 나도 이런 일을 다 해결할 정도로 완벽하지는 않다.

　때때로 세상에는 아이를 데려가 같이 살면서 도리에 어긋나게 아이를 이용하는 사람들이 있다. 나는 그런 사람들을 깊이 증오한다. 내가 만약 그런 사람들을 만난다면 죽일 수도 있다. 항상 나 자신을 잘 억눌러야 하지만 언젠가 참지 못하고 일을 저지를 수도 있다는 말이다.

　한 사람의 유년기를 빼앗은 사람에게 느끼는 내 증오심은 엄청나다. 나는 유년기를 빼앗는 것이 가장 큰 죄악 가운데 하나라고 생각한다.

공항 밖에서 아이 아버지가 나를 기다리고 있었다.

나는 그를 보자마자 알아볼 수 있었는데, 팻말을 들거나 특별한 옷을 입을 필요가 없었다. 그의 눈이 모든 걸 말해주었기 때문이다. 피곤이 역력한 그 눈에서 아이가 실종된 시간만큼 잠을 자지 못했다는 것이 느껴졌다.

그는 내게 악수를 청하고는 수표를 건넸다. 그 손은 희망으로 가득 차 있었고, 수표는 백지였다.

"원하는 숫자를 적으세요. 내 아들만 찾으면 바로 당신 돈이 될 겁니다." 그가 내게 건넨 첫마디였다.

나는 그의 악수에 응했지만, 수표는 거절했다. 인센티브가 필요하지는 않았다.

나로 하여금 일을 하게 하는 힘은 언제나 똑같았다. 바로 아이를 찾는 것이다. 그래서 항상 정당한 금액을 받을 뿐 지나치게 큰돈을 받은 적은 없다. 그러한 상황을 이용한다면 납치범보다 내가 나을 게 없지 않은가.

나는 최대한 냉정을 유지하려고 노력했다. 내 일에서 중요한 것은 냉정함이며, 희망은 적당해야 한다. 이

것은 시간이 흐르면서 터득한 교훈이다.

우리는 차에 올랐다. 무척 비싼 차다. 아이 아버지가 시동을 걸 때 나는 반지가 들어 있는 봉투를 어루만졌다. 그리고 그를 관찰했다. 운전이 서투른 것을 보니 운전을 안 한 지 오래된 것 같았다. 아니면 운전기사가 따로 있는 게 틀림없다. 그러나 그는 기사와 함께 오고 싶지 않았을 것이다. 가장 가까운 측근에게도 아이의 실종에 대해 이야기하지 않은 것이 분명했다.

잠을 못 자고 눈물을 많이 흘려서 부어 있는 그의 눈에 집중했다. 수면 부족과 눈물이 눈을 붓게 하는 가장 큰 이유다.

"최선을 다하겠습니다." 내가 확언했다.

나 또한 큰 소리로 그런 말을 하는 내 모습에 놀랐다. 내가 왜 그런 말을 했는지 모르겠다. 아마도 여자 친구와 헤어져서 마음이 동요했거나, 아니면 그의 눈이 열 살 때 마르틴을 잃고 퉁퉁 부었던 내 눈을 기억나게 했기 때문일 것이다.

사실 나는 마르틴 때문에 많이 울었다. 간호사가 그

다음 날 내세 그의 상태가 악화되어 살날이 며칠 남지 않았다고 말해주었기 때문이다.

마르틴이 중환자실에서 서서히 죽어가고 그에 대해 세상에서 걱정하는 유일한 사람이 나 자신이라는 사실을 알게 된 순간 나는 온통 불안에 휩싸였다.

최악은 내가 그를 볼 수 없었다는 점인데, 나 역시 수술을 받아야 했고 그는 면회를 받을 수 없었기 때문이다.

우리가 함께 지내지 못한 그 빈방에서 내가 얼마나 울었던지…….

그가 죽을까 봐 너무 겁났다. 그를 잃는 데 대한 두려움 때문이기도 하고, 그에게 행복을 얻는 법을 듣지 못하면 내가 행복을 얻을 수 없기 때문이기도 했다.

누군가를 잘 알기도 전에 잃는 것은 엄청난 무력감을 느끼게 한다.

내 병실 문이 열릴 때마다 나를 찾아오는 간호사이기를 바라던 것이 기억난다. 그러나 아무도 오지 않았다. 그를 볼 수 없었던 그 며칠 동안 나는 편도를 떼어낸 뒤 회복되었고, 마르틴의 모든 물건을 점검했다.

나는 등대 사진 대부분을 기억했다. 마치 젊은 시절에 모은 성공적인 컬렉션의 트레이딩 카드 같았다. 그 중에는 내 마음에 드는 것들도 있었는데, 나는 그것들을 국가별로 정돈했다.

아무런 소식 없이 이틀이 지나고, 내가 희망을 잃고 집으로 돌아갈 즈음 마침내 간호사가 왔다.

나는 즉시 내 어린 시절의 그 순간으로 돌아가기로 했다. 집에 도착해서 그 아이의 방을 볼 때까지 아이 아버지의 슬픔에서 벗어날 필요가 있었다.

그의 눈을 다시 보고 슬픔에 잠긴 눈들은 비슷한 점이 많다는 것을 깨달았다.

그리고 그 눈을 보면서 나의 서글펐던 과거로 돌아갔다…….

15
나의 두 번째
중환자실

두 번째로 중환자실에 갔을 때 나는 천천히 들어가지 않고 거기서 내쫓길까 봐 겁이 나서 서둘러 들어갔다.

내가 뛰어 들어간 곳은 마르틴을 마지막으로 본 곳이었다. 그러나 거기에는 아무도 없었다. 빈 침대에 이불이 개켜져 있었다. 그렇게 정리해놓은 이불을 증오한다. 그것은 커다란 불행의 표시이기 때문이다.

나는 최악의 상황일까 봐 두려웠다……. 간호사는 하기 싫어도 나쁜 소식을 꼭 전해야 하는 사람의 야릇한 표정을 지으며 나를 바라보고는 무덤덤하게 말했다.

"가장 심각한 환자들의 구역에 계셔."

나는 중환자실에 가장 위독한 환자들의 구역이 따로 있는 줄 몰랐다. 중환자실에 있다는 것 자체만으로 이미 위독하다는 의미라고 생각했다.

나중에 인생은 항상 나쁜 상황보다 더 나쁜 상황이 있고 나은 상황보다 더 나은 상황이 있다는 점을 여러 번 일깨워주었다.

간호사가 닫혀 있는 문 앞까지 나를 데려다주었다. 그 입구는 시각적으로나 청각적인 면에서 다른 환자들과 완전히 격리된 방으로 통한다는 인상을 풍겼다.

누군가의 죽음이나 죽음의 문턱에 있는 모습을 보고 싶어 하는 사람은 없을 것이다.

문을 열자 방음이 된 그 장소에 대여섯 명의 환자가 있었다. 그리고 맨 끝에 마르틴이 누워 있었다. 그는 마지막으로 보았을 때보다 세 배나 더 많은 줄을 달고 있었다. 그 모든 것이 그로 하여금 호흡하고, 심장 박동을 조절하고, 목에서 온갖 물질을 배출하고 흡입하게 해주었다.

그는 내게 윙크를 했다. 그 행동이 나로 하여금 주저 앉지 않도록 희망을 주었다.

그가 있는 곳까지 다가가 그의 옆에 섰다. 그러고는 아주 가까이서 그의 호흡을 느꼈다. 그 소리는 마지막 으로 들었을 때보다 훨씬 더 희미했다.

"넌 수술 잘했니? 괜찮아?" 그가 처음으로 내게 던 진 두 가지 질문이었다.

"네, 전 괜찮아요, 마르틴 아저씨."

그는 미소를 지었고 내 편도가 있던 부분을 가볍게 건드렸다.

"아저씨는요?"

그는 '인생은 그런 거야'라는 몸짓을 해보였다. 이런 몸짓은 정말로 존재한다. 나는 이것을 여러분에게 확신 할 수 있는데, 이런 몸짓은 방금 설명한 모든 것을 말해 준다.

나는 다시 침대 옆에 있는 협탁 위에 그의 물건들을 올려놓았다.

그 협탁은 예전 것보다 훨씬 작았다. 죽음이 닥쳐오면 협탁 역시 작아진다고 생각한다. 간직할 것이 거의 없어서 많은 공간이 필요하지 않기 때문이다.

그는 등대 사진과 그 안에 숫자가 적힌 봉투를 보고 미소 지었다.

"그 속에 있는 숫자가 뭔지 아니?"

나는 고개를 저었다. 말이 나오지 않았다. 그가 당장에라도 숨을 거둘까 봐 겁났다.

"내 아버지는 포커 선수였지." 그의 목소리는 매우 약했지만 거의 다 알아들을 수 있었다. "어릴 때부터 사람들이 매일 밤 우리 집에 게임을 하러 왔어. 여송연과 술을 가지고 와서 열 시간쯤 거실에 앉아 게임을 했단다. 그때 나는 거실에서 잤어. 끝 모퉁이에 있는 소파에서. 아버지는 나보고 거기서 자라고 했지. 왜냐하면 그래야 한 눈으로 나를 지키고 다른 한 눈으로는 자신이 가진 다섯 장의 카드를 다룰 수 있으니까. 그분은 나와 포커를 사랑했지. 대단한 분이셨는데, 아내를 너무 일찍 잃어서 아들의 유아 시절만큼은 놓치지 않으러 하셨단다. 나는 아버지가 게임을 할 때면 항상 존경심을 가지고 그를 바라보았어. 재미와 감동이 가득한 그 포커게임 보는 걸 좋아했지. 사람들이 지고 이기는 것을 보았어. 매일 밤 행운의 주인공이 바뀌었고, 그에 따라 승자와 패자가 갈렸지. 그들을 하도 관찰하고 꿰뚫어봐서 급기야 눈을 감고도 누가 사기를 치고 블러핑(상대를 속이려고 판돈을 거는 것)을 하는지, 누가 로열 플러쉬(다섯 개의 숫자가 연속적으로 배열되는 것)를 갖고 있는지 알 수 있었어. 그들이 어떻게 호흡하고 어떻게 담뱃불을 붙이며 내기를 거는지 알 수 있었지. 말투가 약간만 변해도 모든 것을 알 수 있었다고……. 거의 알아차리기 힘든 미세한 점들이었지만, 내 꿈의 배경음악 중 일부였어. 잠이 들었을 때도, 깨어 있을 때도 그 차이를 구분했지. 나는 전문가가 되었고, 때론 아버지가 이기도록 도와드리기도 했어. 그렇게 일곱 살 때부터 '게임'이라고 하는 그 통제할 수 없는 열정과 사랑에 빠졌단다.

그때 나는 게임을 항상 '인생'이라고 불렀어. 우연이

존재하는 게 인생이고, 또 인생이란 항상 우연의 연속
아니겠니, 청년 다니?"

나는 가볍게 긍정했다. 그에게서 시선을 뗄 수 없었
다. 그의 눈은 피곤함에서 열정으로 바뀌어 있었다.

"내가 좀 더 자랐을 때 포커게임을 하기 시작했어.
그렇지만 그건 아버지의 게임이었어. 나는 아버지보다
더 잘 할 수는 없었단다. 그는 내게 모든 것을 가르쳐
주었지만 나는 다 섭렵할 수 없었지. 하트, 다이아몬
드, 클로버와 스페이드는 그의 열정이지 내 열정이 아
니었어.

아버지는 모든 경기에 적용되는 기본 법칙을 가르쳐
주셨어. 그는 '항상 남은 돈을 걸어라. 그게 네 인생과
네 주변 사람들의 인생을 망치지 않기 위해 가장 중요
한 거란다……. 이 말을 절대 어기지 마라' 하고 몇 번
이나 당부하셨지.

열 살 때는 게임을 하는 데 내 한 주 용돈의 절반을
썼어. 그러다가 스무 살 때는 월급의 절반을 썼고. 그런
데 돈을 잃은 적은 한 번도 없었어. 나는 항상 내게 필

요하지 않은 돈을 걸었지. 생활은 나머지 돈으로 하고.

아버지는 또 승리의 기쁨이 패배의 기쁨보다 더 커서는 안 된다고 말씀하셨어. 잃는 것이 기쁨이 될 수도 있는데, 승리가 얼마나 중요한지 일깨워주기 때문이지. 게다가 시간이 지나면 결국 패배는 늘 승리가 되는 법이니까."

그는 잠시 숨을 멈췄다. 숨을 거둔 것 같았다. 하지만 그 사실을 다른 사람에게 알리기 전에 아무 일도 없었던 것처럼 다시 숨을 쉬었다. 두려웠다.

"10년 동안 나의 게임을 찾았단다. 아버지는 누구나 자기 게임을 하나씩 갖고 있다고 확신하셨지. 그 게임이 우리가 조화를 이루는 것을 느끼게 해주고 우리 아드레날린이 아주 유쾌하게 배출될 수 있도록 해준다고 하셨어.

그렇지만 포커는 내 게임이 아니었어. 블랙잭도, 경마도, 그레이하운드 경주도 아니었지. 키니엘라(축구나 경마 등의 스포츠복권)나 복권을 하면서도 별다른 흥미를 느낄 수 없었어.

그녀가 나타나 그녀와 함께 내 인생의 게임을 발견

하기 전까지……."

그는 숫자가 들어 있는 봉투를 뒤적였다. 그의 손가
락에 줄과 밴드가 잔뜩 달려 있어서 쉽지 않았지만, 그
는 자기가 원하는 것을 찾을 때까지 멈추지 않았다.

마침내 한 봉투에서 숫자 리스트와 소녀의 사진 한
장을 꺼냈다. 내가 이전에 왜 그 사진을 발견하지 못했
는지 의아했다.

성 밖에서 찍은 사진에서 소녀는 유니폼 같은 이상
한 옷을 입고 있었다. 그리고 그녀는 멍한 시선으로 담
배를 피우고 있었다. 마네킹 같은 분위기를 풍겼는데,
그게 아니라면 나한테만 그렇게 보였는지도 모른다.

"휴식 시간에 찍었어." 그는 미소를 지었고, 나는 처
음으로 그의 치아를 보았다. "매 시간 직원들은 카지노
밖으로 나가서 담배를 피울 수 있었어. 나는 항상 그녀
와 같은 시간에 게임을 멈추고 멀리서 그녀를 관찰했지.

멀리서 그녀를 바라보는 것은 큰 즐거움이었어. 무
엇보다 항상 그녀가 가까이, 매우 가까이 있었기 때문
이라고 생각해……. 매일 밤 우리는 아주 가까운 거리

에 있었지.

그녀는 아름다운 성에 있는 카지노 룰렛 테이블의 주 책임자였어.

그녀가 구슬을 던지는 모습을 보기 전까지만 해도 룰렛은 내게 별 의미가 없었지. 그렇지만 그녀는 아주 우아하게 구슬을 던지고 룰렛을 매우 힘차게 돌려서 나는 그 소리에 거의 중독되었어.

너에게 맹세하는데, 그녀가 행운의 말을 건네면 사람들은 평소보다 세 배나 더 걸었단다.

나는 그저 그녀 가까이 있었지. 관찰하고 향기를 맡으며 그녀를 느끼고, 때때로 17과 18에 걸기 위해서 패 두 개를 그녀에게 주곤 했어. 17과 18은 내가 처음에 좋아하던 번호였는데 나중엔 바뀌었지. 훨씬 더 나중에는 완전히 바뀌었고……."

간호사는 약을 더 많이 가져왔고, 그는 잠시 이야기를 멈추었다. 그는 다른 사람들에게 그 이야기를 들려주고 싶지 않은 것 같았다. 내가 매우 중요한 사람처럼 느껴졌다.

"그녀와 결혼했나요?"

그는 웃으면서 기침을 했다. 그건 걱정스럽지 않았다.

"그녀에게 한 번도 말을 걸지 않았어. 그녀를 가까이
에서 몇백 번 바라보고 멀리서는 몇천 번 관찰했지만
말이야. 그녀가 다른 카지노로 갔을 때는 나 역시 따라
갔고, 거기서도 똑같은 일을 반복했어. 그녀를 가까이,
그리고 멀리서 관찰하고 원하고.

세월이 흐르면서 그녀에게 느끼던 욕망은 게임에 대
한 욕망으로 바뀌었지. 그 모든 사랑을 룰렛에 쏟았어.
그녀의 손이 구슬을 스칠 때마다 나는 그녀의 마법으로
게임을 했지. 게임은 내가 그녀와 사랑을 나누고 우리
가 뭔가 함께한다는 느낌을 갖게 해주는 방법이었단다.

그렇게 내 게임, 내 열정과 내 기쁨을 찾았어……. 그
때부터 나는 모든 것을 통제할 수 없었고 룰렛 전문가
가 되었어."

마르틴은 봉투 몇 개를 집어서 휘갈겨 쓴 숫자가 가
득한 종이를 꺼내 내게 보여주었다.

"이 종이에 가득한 숫자들이 한 카지노의 룰렛에 대

149

한 자세한 정보야. 빨간색 숫자는 승자의 것이야. 네가
그 숫자로 게임을 하면 항상 이길 텐데……. 시간이나
날짜, 계절에 상관없이 말이다."

확신에 찬 그의 단언이 의아했다. 나는 룰렛을 해본
적이 한 번도 없었지만 그렇게 간단해 보이지는 않았다.

"그건 불가능해요. 어떤 번호가 나올지 알 수 없고,
안다고 해도 룰렛을 교체하면 승자의 번호 역시 바뀔
테니까요. 안 그런가요?" 내가 물었다.

"그렇지 않아." 그는 미소를 지었다. "내가 수많은
카지노에 가봐서 확실히 해주는 말인데, 중요한 것은
룰렛이 아니고 룰렛이 설치된 장소야. 중력과 우연은
행운을 통해 선택되는 번호가 나오게 해주지." 그는 매
우 확신에 차서 말했다.

그러고는 봉투를 전부 집어서 내게 주었다.

"너한테 줄게. 이건 돈으로 치면 엄청난 액수란다.
네가 가졌으면 해, 청년 다니. 단, 꼭 필요할 때만 게임
을 해."

나는 무슨 말을 해야 할지 모른 채 꾸깃꾸깃한 그 많

은 종이를 받았다. 내 삶에서 게임의 세상에 들어가라고 나를 부추긴 사람은 없었다.

"그녀는요? 죽었나요?" 내가 물었다.

그는 머뭇거렸다. 대답하는 데 한참이 걸렸다.

"그녀를 못 본 지 여러 해가 되었어……. 그녀를 찾아다니면서 세월을 보냈지."

"그녀에 대한 감정을 전하려고요?" 내가 물었다.

"아니." 그가 환한 미소를 짓자 입천장이 보였다. "그녀를 멀리서, 그리고 가까이서 보려고. 이 세상에는 말이지, 청년 다니, 보는 것만으로도 너를 만족시켜주는 사람들이 있단다. 더 필요한 건 없어. 그들이 네게 에너지를 주지……."

'에너지', 몇 년 뒤에 조지의 입에서 들은 말과 같은 개념이었다.

그러나 그때는 그가 말하는 룰렛이나 신비로운 여자, 에너지에 대해서 아무것도 이해하지 못했다.

나는 그가 내게 행복의 비결을 가르쳐줄 거라고 생각했지만, 반대로 그는 중독과 사랑 앞에서의 비겁함에 대해 얘기하고 있었다.

이러한 내 생각을 입 밖에 내지 않았는데도 그는 다시 내 생각을 읽었다.

"행복은 존재하지 않아, 다니." '청년'이라는 말을 붙이지 않은, 몇 번 안 되는 얘기 가운데 하나였다. "매일 행복하다는 것만 존재하지.. 네가 행복의 넓은 개념을 생각한다면 모든 것이 그 자체의 무게 때문에 무너져. 창밖을 봐……."

그는 거리로 나 있는 작은, 아주 작은 유리창을 가리켰다. 나는 창으로 다가갔다. 매우 위독한 환자들이 누워 있는 방의 창이 크지 않은 것을 보고 몸서리쳤다. 사실 그들에게는 세상과 작별하기 위해 큰 창문이 필요했다.

"모든 사람이 끊임없이 구체적인 곳을 향해 걸어가는 게 보이지?" 그가 물었다.

나는 그 사람들을 보았다. 그러면서 그가 어떻게 그들을 볼 수 있는지 궁금했는데, 그가 누워 있는 자리에서는 거리가 잘 안 보였기 때문이다.

"보여요." 내가 대답했다.

"모두가 목적을 갖고 어딘가를 향해 가고 있지? 너나 나나 지금 당장 그들 때문에 방향을 바꾸지는 않을 거란다. 그건 우리가 우리 삶, 우리 얼굴, 우리 길을 좋아하기 때문이지……. 우리는 그들이 어디로 가는지, 무엇을 해야 하는지 이해할 수 없지…….

그러나 밤이 되면 모든 것이 변해. 새벽에 높은 건물을 유심히 보면 불이 거의 꺼져 있는 걸 발견할 수 있을 거야. 대부분 사람들이 잠을 자고 깨어 있는 사람은 얼마 안 되니까……. 그리고 그렇게 깨어 있는 사람들이 바로 '찾아내고 발견하는 사람들'이란다. 모든 사람이 잠자는 그 시간에 그들은 사랑을 나누거나 강렬한 대화를 즐기고 있지……. 그리고 그 감정과 그 말들이 그들의 삶을 바꾸는 거야.

청년 다니, 네 인생에서 항상 낮보다는 밤을 더 중요하게 여겨야 한단다…….

방황을 겪거나 뭘 해야 할지 모르겠으면 '다른 사람이 내 처지라면 어떻게 할까'라는 게임을 해봐……."

삼시 짐묵이 흘렀다. 그는 다시 말이 없었다. 이번에는 다시 입을 여는 데 시간이 걸렸다. 그에게 힘이 얼마 남지 않았다는 것을 느꼈다.

그의 이름을 크게 세 번 불렀지만 반응이 없었다. 그의 손을 힘껏 잡았지만 마찬가지였다.

결국 아무 일도 없었던 것처럼 대화를 이어가기로 했다.

"다른 사람이 내 처지라면 어떻게 할까?" 내가 되뇌었다.

그러자 그 구절이 그에게 영양이라도 되는 듯 그의 의식이 다시 돌아왔다. 내가 나 스스로에게 그 말을 한 것이 그에게 힘을 준 것이다.

"그래, 바로 그거야. 에너지를 공유할 사람을 찾아서, 그가 네 인생을 이틀 동안 대신 산다면 뭘 할지 물어봐. 네 인생에서 뭘 바꿀지, 머리를 어떻게 자를지, 뭘 먹을지, 어떤 활동을 할지……. 결론적으로 그가 잠시 동안 네 인생을 산다면 어떻게 살 것인지?"

"그게 효과가 있나요……?"

"물론이지……." 그는 미소를 지었다. "나는 그 게임을 수도 없이 해보았고, 그 게임으로 나는 항상 앞으로 나아갈 힘을 얻었지.

그러나 그러려면 함께 게임할 사람을 찾아야 하는데, 그게 쉽지 않아. 그 사람은 특별해야 하고, 너를 객관적으로 볼 줄 알아야 해. 그래야 네가 방황할 때 네 인생의 다른 관점을 제시해줄 수 있거든……."

나는 그에게서 어떻게 그런 힘이 나는지 의아해서 그를 계속 바라보았다. 그의 불은 다시 꺼졌다. 호흡은 그가 마지막 말을 한 뒤로 느려졌다. 그를 둘러싼 모든 기계의 수치들이 크게 오르면서 소리를 내기 시작했다.

그로 하여금 의식을 되찾게 하려면 어떤 질문을 해야 할지 알았다.

"함께 게임을 할래요?"

그의 호흡이 다시 돌아왔다. 기계들이 잠잠해졌다. 그러나 나는 이미 그 상황이 오래가지 않으리라는 것을 알았다.

그를 잃고 있었다.

그는 나를 끝없는 애정으로 바라보았다. 내 얼굴, 내 입술, 내 머리, 그리고 내 손을 어루만졌다.

"그러고 싶어, 청년 다니······. 하지만 내 시간이 끝나가는구나······."

그는 말을 멈추었다. 끝이라고 생각했다. 그러나 아직은 내게 마지막으로 해줄 얘기가 남아 있었다. 그는 단안경 등대를 보더니, 그것을 집어서 내 손에 올려놓았다.

"너한테 줄게. 나를 잊지 말라고. 나를 열광하게 만든 카프리의 등대야. 내가 가장 사랑하는 아들이지. 내가 찍은 사진들을 보면, 뒤에 '신비로운'이라고 쓰여 있는 걸 찾을 수 있을 거야······. 그 등대는 신비로워서 너에게 마법을 느끼게 해줄 거야······. 언젠가 문제가 생기면 거기로 가거라. 나의 사랑하는 아들이 너를 돌봐줄 거야.

그리고 거기에 붙어 있는 작은 단안경은 구름을 관찰할 때 쓰는 거란다······.

한동안 나는 영화계에서 일하면서 구름이 걷히고 다

시 해가 뜨는 데 걸리는 시간을 계산하는 일을 했지…….
동일한 빛으로 영화를 찍기 위해 필요한 일인데, 그래야
필름에 명암 차이가 생기지 않기 때문이란다…….

　나는 그 일을 잘했어……. 등대, 구름, 태양, 바다와
바람과 관련된 일은 언제나 다 잘했지.

　단안경을 끼고 구름을 보면 구름 뒤의 태양이 보이
고 바람의 속도가 느껴져서 해가 다시 나오는 시간을
계산할 수 있을 거야.

　그래서 나는 단안경에 등대를 붙였는데, 이 등대는
완전한 마법이고 언제 해가 다시 나올지를 추측하는
것 역시 매우 신비로운 일이기 때문이지…….

　기억해, 언젠가 마법이 필요하면 카프리로 가렴……."

　그는 매우 힘겹게 호흡했다. 모든 기계가 미친 듯이
울리기 시작했다.

　나는 온 힘을 다해 간호사를 불렀다. 그의 죽어가는
모습에 나는 놀랐다. 슬펐다.

　갑자기 마르틴이 눈길로 나를 부르며 가까이 다가오
라고 했다. 내 귀를 그의 입에 대자 내가 알아듣지 못

할 단어들을 서너 번 되풀이했다.

그는 그 말을 같은 억양으로 같은 힘을 주어 이야기했다. 나를 위한 메시지였지만 나는 제대로 이해하지 못했다. 그가 잘 알아들을 수 있게 말하지 못했기 때문이다.

마침내 그 메시지가 멈추고, 마르틴이 나를 떠났다.

그를 바라보았다. 갑자기 내 몸에 하나의 에너지가 도착해서 평온과 행복을 가져다주었다.

마치 그의 에너지가 내 몸을 관통한 듯했다.

의사와 간호사들이 그를 다시 살리려고 노력했다…….
그러나 나는 그가 떠났다는 것을 알았다.

나는 그의 손을 있는 힘껏 잡았다. 그에게 감사하며 그의 볼에 입을 맞췄다…….

16
타인의 눈물을
이해하지 못하는 것

나는 그 차 안에 앉아 잘 모르는 사람이 옆에 있는데도
다시 울었다.

마르틴을 기억하면서 울음을 터트리지 않을 수는 없
다. 한 무용수의 아들이 언젠가 내게 한 말이 기억난
다. 그는 사람이 울음과 웃음을 터트릴 수 있다고 말하
면서, 그 두 감정 때문에 격한 감정을 경험할 가치가
있다고 했다.

아이 아버지는 놀라서 나를 바라보았다. 내 슬픔이

그에게 전달되었지만, 그는 아무 말도 하지 않았다. 자료를 전부 갖추지 않은 상태에서 다른 사람의 눈물을 이해하기란 몹시 어려운 일이다.

바로 그 순간, 내가 마르틴 때문에 실종 아동을 찾는 일을 시작하게 되었다는 사실이 기억났다.

어쨌든 내가 처음으로 방황한 것은 카프리로 가는 그 배가 아니라, 정감과 한없는 열정이 가득했던 그 중환자실에서였다.

마르틴은 열정적인 사람이었고 불가능을 사랑한 사람이었다.

내가 그를 알게 된 것은 행운이었다. 그는 열 살짜리 내 몸과 마음을 존중해주었고, 어린 남자아이들에게 치근대며 손을 대는 나쁜 사람이 아니었다. 그는 이 세상에서 다르다는 것이 중요하다는 사실을 알려주려 한 위대한 사람이었다.

평범하게 사는 것을 거스르려는 사람은 그리 많지 않다.

나는 실종된 어린아이들을 찾는다. 그것이 인습과

평범함에서 탈피하는 내 방법이라고 생각한다.

　그것 말고도 이 일이 나에게 적합하다고 생각하는 이유는, 나의 어린아이 같은 면과 작은 키가 그들을 이해하게 해줄 뿐만 아니라 그들, 그리고 그들의 문제와 공감하게 해주기 때문이다. 마치 잃어버린 나와 교류하는 것 같고, 그것이 나로 하여금 그들의 본질에 가까이 다가가게 해준다.

　아이 아버지를 바라보자 내게 모든 것을 털어놓고 싶어 한다는 인상을 받았다. 자료를 주면서 자신도 뭔가 도움이 되고자 했다. 한편으로는 그것이 나를 제약한다는 것을 알았다. 나로 하여금 아이가 아닌 아버지를 이해하게 하기 때문이다.

　그의 시선을 피하려고 했지만, 그가 곧 말을 걸어오리라는 걸 알았다. 방금 전에 나와 눈이 마주쳤기 때문이다.

　"당신은 자녀가 있나요?"

　수표 얘기 이후에 그가 내게 건넨 두 번째 말이었고,

내게 할 수 있는 최악의 질문이었다.

왜냐하면 그 간단한 문제가 내 여자친구와의 이별, 우리의 큰 문제와 얽혀 있기 때문이다.

나와 그녀, 그리고 우리가 바라던 아이들.

내가 그녀에 대해서 이야기해야 한다는 것을 안다. 오래전부터 여러분에게 우리가 헤어진 이유에 대해 숨기고 있다.

그러나 그 전에 조지와 관련된 내 인생 이야기를 끝마쳐야 하는데, 그러지 않으면 여러분이 나를 이해할 수 없기 때문이다.

나는 우리가 다른 사람들을 판단하기 전에 먼저 그들을 이해하려고 노력하기를 바란다. 또한 사람들이 정직해질 수 있기를 바라며, 이해력을 갖고 그들을 평가할 수 있도록 자신들의 삶에 대해 이야기해주기를 바란다.

"없습니다." 나는 그에게 대답해야 했다.

"난 그 아이 하나밖에 없어요." 그가 설명했다.

그는 더 말이 없었다. 감정이 복받쳐서 울음을 터뜨

렸기 때문이다. 내 과거로 돌아가기 전에 그를 먼저 진정시켜야 했다. 그러는 게 옳다. 당신 앞에서 누군가가 고통을 겪고 있는데 당신의 과거로 돌아갈 수는 없다.

게다가 맡은 일에 대해 점점 더 알아가는 단계였다.

"아이에게 꼭 안 좋은 일이 생기리란 법은 없어요." 내가 말했다. "누군가 아이를 납치했다고 해서 그 아이에게 해를 끼친다는 의미는 아니지요……. 많은 사람이……."

그가 내 말을 사납게 가로막더니 소리를 질렀다.

"내가 보낸 서류를 읽어보지 않았나요?"

나는 고개를 저었다.

"나는 소년을 대상으로 하는 남색자 사건의 판사요. 나는 100명이 넘는 남색자들을 감옥에 넣었단 말이오." 그는 내가 공항에서 검색요원에게 소리를 지를 때보다 더 크게 소리쳤다. "나에게 아무 일도 아니라고 말하지 마시오. 유괴범이 보낸 편지를 읽어보면, 내 아이를 데려간 사람이 나한테 8년형을 선고받은 남색자란 걸 알 수 있소."

나는 대답하지 않았다……. 내가 신중하지 못했다.

내 개인적인 일 때문이었다. 아이 아버지가 준 정보가 모든 정황을 바꿨지만, 그렇다고 그것이 결정적이지도 않다는 것 또한 알았다.

어쩌면 그 편지가 거짓일 수도 있다. 때때로 어린아이는 사랑이 부족해서 도망을 간다. 아버지가 자기보다 다른 아이들을 더 걱정하는 모습을 보면 집을 나가서 거짓된 편지로 관심을 끌려고 할 수도 있다.

나는 그를 쳐다보지 않기로 했다. 그의 신뢰를 잃었다는 사실을 알았다.

우리를 카프리로 데려다줄 페리에 매우 가까이 다가갔다. 다시 그 페리가 내 인생에 들어온 것이다. 세월이 흘렀지만 변한 게 하나도 없었다.

우리는 차를 타고 부두로 다가갔고, 나는 그 틈을 타서 내가 '빅 컨츄리'를 보던 시절로 돌아갔다……. 내청년 시절에 카프리에서 조지와 함께 본 첫 번째 걸작.

여러분에게 그녀에 대해, 그리고 우리가 헤어진 이유에 대해서는 좀 더 뒤에 이야기할 것을 약속한다.

17
다른 사람의 몸에서
살아 움직이는 이야기

우리는 '빅 컨츄리'를 보았다. 조지의 말이 옳았다. 그가 말한 대로 내가 영화 속 그레고리 펙과 같은 생각을 했기 때문이다. 나 역시 그처럼 규범과 옳은 것, 사람들이 내게 기대하는 모든 것에 대항해서 싸우려고 시도했다.

　나는 그 모든 것을 느꼈고, 그때 내 나이는 고작 열세 살이었다. 그 당시 나는 나중에 무슨 일이 일어날지 기대하거나 상상하는 것조차 싫었다.

한편 서부의 광활함과 인간의 왜소함에 대해서는 감탄했다. 그것들은 카프리에서의 우리 존재에 대해 많은 점을 일깨워주었다.

마치 조지와 내가 그 도시의 유일한 주민인 것 같았다. 거대한 섬 안에 있는 두 작은 형상.

나는 숨을 내쉬었고, 자연의 웅대함에 숨어 있는 왜소함을 발견했다.

그리고 바로 그 순간에 그와 함께 '처지 바꿔 행동하기'라는 게임을 할 수 있음을 깨달았다. 조지는 마르틴의 게임을 같이 즐기기에 완벽한 사람이었기 때문이다.

나는 그를 빤히 쳐다보았다. 그에게 그 게임을 같이 하자고 물어보고 싶었지만 부끄러웠다.

"영화가 마음에 들었니?" 그가 물었다.

"네, 무척요."

그를 다시 쳐다보자 이번에는 용기가 생겼다.

"저랑 같이 '처지 바꿔 행동하기' 게임을 해보실래요……?"

그는 미소를 지었다.

"얘기해줘."

나는 그에게 모든 이야기를 해주었다. 마르틴에 대해, 많이 방황할 때 다른 사람의 몸에 들어가는 것에 대해, 이틀 동안 다른 사람의 몸에서 지내다가 나갈 때 그에게 해줄 충고에 대해.

그는 내 이야기가 마음에 드는 것 같았다. 그때 나는 내 인생에서 두 번째로, 성인이 나를 어른처럼 대우해주는 것을 느꼈기에 행복했다.

내가 설명을 끝냈을 때, 그는 그 아이디어가 무척 마음에 들지만 그 전에 우리가 서로 더 잘 알아야 한다고 했다. 그는 다른 사람의 인생을 바꾸려면 그 인생에 대해 좀 더 알아야 한다고 생각했던 것이다. 나는 망설였지만, 그가 옳다고 생각했다.

그는 그런 내게 함께 사진을 현상하자고 제안하면서 말했다.

"다른 사람의 열정을 공유하는 게 그를 알 수 있는 가장 좋은 방법이야."

나는 그 제안이 마음에 들어서 받아들였다.

그의 암실은 우리가 '빅 컨츄리'를 본 거실보다 두 층 더 지하에 있었다. 그 지하 방에 가려면 계단을 50개쯤 내려가야 했다. 그곳에서는 바다 냄새가 났고, 벽은 온통 바위로 되어 있었다.

나는 섬 한가운데 와 있다는 느낌이 들었다. 가장 좋은 것은 어떠한 두려움도 느껴지지 않았다는 점이다. 그렇게 나는 지하감옥 같으면서도 매우 편하게 느껴지는 그 동굴에서 낯선 사람과 단둘이 있었다.

유일하게 불편한 점은 피로뿐이었는데, 잠을 푹 잔 게 언제였는지 기억도 안 날 정도였다. 그렇지만 온몸이 아프고 극도로 피곤한 가운데서도 기쁨을 주는 무언가가 있었다.

조지는 곧 사진 현상을 시작했고, 내게 모든 과정을 설명해주었다. 나는 현상을 해본 경험이 없었다. 사진을 현상할 때 필요한 정확한 기술, 즉 시간 엄수와 암실의 유혹하는 듯한 붉은 조명이 나를 사로잡았다.

"현상은 낚시를 하는 것과 같아." 조지가 말했다. "네가 직접 키운 걸 잡는다는 사실을 아는 상태로 낚시를 하는 기분이지."

나는 그때 섬의 절반을 통과하면서 가져온 거대한 붉은색 샌드백이 그 지하 방 중앙에 매달려 있는 것을 발견했다.

사진이 나오는 데는 시간이 걸렸다. 우리는 이상한 액체에 잠겨 있는 사진에서 형상이 드러나기를 기다렸다.

비록 내 시선은 나를 사로잡는 그 샌드백에서 사진으로, 그리고 다시 사진에서 매혹적인 샌드백으로 계속 움직였지만……. 그러다가 내 시선은 그 이상한 방 끝의 벽에 걸려 있는 무언가에 도달했다. 나는 그것이 무엇인지 분별할 수 없었는데, 암실 조명 때문에 방이 어두컴컴했기 때문이다. 그러나 거기에 무언가 있다는 것을 직감했다.

나는 천천히 다가갔다. 내 목덜미에 그의 시선이 닿는 게 느껴졌다……. 잠시 후 내 뒤에서 그의 발걸음 소리가 들렸다……. 내가 벽에 다가갔을 때는 이미 그의 호흡이 가깝게 느껴졌다…….

그때가 그에게 두려움을 느낀 유일한 순간이었다.

나는 이미 여러분에게 그 상소에서 두려움을 느끼지 않았다고 얘기했지만, 그가 내 가까이 있는 것을 느끼고 그 벽에 무엇이 걸려 있는지 몰랐기에 약간의 불안감이 감돈 것은 사실이다.

그것이 내가 위험에 빠진 어린아이들을 찾을 때 늘 생각하는 공포심이다. 그 공포심이 나로 하여금 포기하지 않고 그들을 찾을 수 있도록 용기를 준다.

나는 어린아이들을 가둬둔 다락방에 많이 가보았는데, 최악은 그 벽들이 거기 갇혀 있던 아이들의 두려움을 간직하고 있다는 사실이다.

그곳에는 어린아이들의 영역표시에 따른 무한한 공포가 새겨져 있다.

그런 안 좋은 기억을 조지와 연결시켜 유감스럽다. 그는 그때까지 나에게 결코 해를 끼치지 않았고 행복만을 주었다. 그러므로 내게 상처를 입히지는 않을 것이다.

"벽에 뭐가 걸려 있는지 궁금하니?" 불안했던 내 마음은 이 질문을 하는 그의 상냥한 말투 덕분에 진정되었다.

나는 고개를 끄덕였다. 그러자 그가 방 가운데 있는 붉은색 불을 그쪽으로 비추었다.

곧 벽이 밝아지면서 폴라로이드 사진으로 가득한 벽이 내 눈앞에 드러났다.

사진들은 열두 장씩 그룹을 지어 연도별로 분류되어 있었다. 그 벽에는 이렇게 40년 정도 찍어온 사진들이 연도순으로 걸려 있었다.

그 사진들은 다양한 장소에서 남성과 여성을 클로즈업해 찍은 사진들이었다. 그들은 커피를 마시고, 담배를 피우고, 웃는 등의 일상적인 활동을 하고 있었다.

만약 이전에 마르틴의 등대를 보지 못했더라면, 나는 그 사진들을 더 이상하게 여겼을 것이다. 그러나 열 살때 이미 형용사 낱말이 적혀 있는 더 매혹적인 사진 수집품을 보았기에 더는 놀라운 것이 없었다.

"누구예요?" 내가 물었다.

"내 진주들이지." 그가 미소를 지었다. "나는 해마다 열두 개의 진주를 찾았어. 내가 모르는 사람들이지만 내게 나타나 내 세계에 영향을 주고 내 자아를 변하게 해준 열두 명의 사람들이란다."

나는 되물었다.

"내 자아가 변한다고요?"

"마르틴 아저씨는 네 인생의 진주였어." 나는 마르틴을 예로 들어준 그에게 감사를 전했다. "그는 세상이 네게 준 보석이고, 세월이 흘러도 너는 아직 그를 간직하고 있지……. 그리고 그건 그가 네게 얼마나 위대한 진주였는지를 보여줘. 흐르는 시간조차 네게서 그 진주의 빛이나 힘을 약화시킬 수 없다는 뜻이지."

나는 그 벽을 찬찬히 바라보았다.

그중 어느 것이 더 돋보인다고 말할 수 없었다. 사진 속 진주들은 모든 피부색과 성별, 연령대를 아울렀다. 그들을 바라보는 것만으로 좋았다……. 마치 진주 목걸이를 말없이 10여 분 동안 감탄하면서 바라본 것 같았다…….

그들의 얼굴, 그들의 시선에는 에너지를 발산하는 무언가가 있었다. 나는 미소를 지었다.

"저 사람들에겐 에너지가 있어요, 그렇지요?"

그도 미소를 머금었다.

"많이 있지. 저들 중 셋은 진주 그 이상이야……. 페리에서 너한테 얘기했던 그 특별한 에너지인데, 네가 찾아야 하는 것들이야……. 네 자신의 영혼과 융화되는 영혼들이지."

"정말인가요?" 나는 그 정의에 감동했다.

갑자기 마르틴이 숨을 거둔 뒤에 일어난 일이 기억났다. 어쩌면 그때가 그의 영혼이 나의 영혼과 융합되는 순간이었는지도 모른다……. 나는 확신이 서지 않았다. 그가 말을 이었다.

"시간이 흐르면서 몇몇 진주는 다이아몬드가 되지. 진주 80~90개 가운데 하나쯤 나온다고 보면 된단다……. 다이아몬드 하나는 네 인생에서 매우 기본적이고 중요해서, 너만을 위해 만들어진 사람들 중 하나와 같지……."

그의 말을 이해했지만 내 표정이 별로 그렇게 보이지 않았는지 그는 계속해서 예를 들었다.

"그 다이아몬드들은 너의 분신이나 마찬가지야."

"분신이라고요……?" 내 관심은 더 높아졌다.

"그렇지. 나는 우리가 분산이 된다는 이론을 주장한단다."

"누구한테요?"

"우리 각자와 네 명의 다른 사람에게 더……. 너는 세상에서 흩어지고 시간이 지나면서 다른 네 명의 사람을 만나게 되지. 그게 인생의 의미 중 하나야. 분신들을 만나는 것. 그래서 분신들에게는 네가 혼동하지 않도록 표시가 되어 있어."

"그 표시가 뭔데요?" 내가 물었다.

"분신들을 모을 때 도움이 되는 건데, 매우 간단한 것일 수도 있어……."

바로 그 순간 나는 폴라로이드 사진들, 다시 말해 조지의 사진과 마르틴의 사진을 생각했다. 그들이 내 분신, 내 다이아몬드, 내 영혼의 일부일지도 모른다…….

나는 그에게 그런 말을 하지는 않았다. 열세 살에 이미 네 개의 다이아몬드 가운데 두 개를 찾았다고 생각하는 것이 다른 사람들보다 내가 더 우월하다는 의미로 들릴 것 같았기 때문이다. 대신 그에게 물었다.

"네 개의 다이아몬드를 다 만나면 무슨 일이 일어나나요?"

그는 대답하는 데 뜸을 들였다. 나는 그 답이 너무 궁금해서 마음이 조급해졌다.

"난 잘 모르지만…… 그러나 뭔가 일어난다는 건 확실해."

그가 거짓말하고 있다는 것을 알았지만, 다시 물어볼 엄두가 나지 않았다.

우리는 사진들이 물고기처럼 갇혀 있다가 서서히 모습을 드러내는 수조로 다가갔다. 내가 찍은 사진과 그가 나를 찍어준 사진 두 장을 제외한 모든 사진에 여성이 있었다. 사진 속 그는 여성 옆에 비스듬히 등장했는데, 그녀는 그런 그를 바라보고 있었다.

조지는 향수에 젖은 표정으로 그 사진들을 관찰했다. 나는 그 모습을 잊을 수가 없다. 과거를 추억하는 어떠한 표정도 그의 표정에 견줄 수 없었기 때문이다.

"이 여자는 진주인가요?" 내가 물었다.

"다듬어지지 않은 다이아몬드지." 그가 미소 지었

다. "몇 년 전에 세상을 떠났는데, 지금껏 이 사진들을 볼 용기가 안 났어."

잠자코 있던 그가 방 중앙에 있는 샌드백에 다가가서 그것을 어루만졌다.

"이 안에 뭐가 들었는지 아니?" 그가 샌드백을 계속 어루만지며 말했다.

나는 고개를 저었다.

"내 진주의 조각들이란다. 누군가 내 세상에서 사라지면 그 사람의 옷이나 중요한 물건의 일부를 이 자루에 넣지. 여기에 그녀의 물건이 많이 들어 있어.

나는 간혹 화가 날 때면 자루를 치지만, 어떤 때는 어루만지기도 하고 또 어떤 때는 그녀와 나를 떠난 다른 사람들과 춤을 추기도 해."

그는 춤을 추기 시작했다. 나는 마르틴과 그의 마네킹을 떠올렸다. 다른 사람의 몸 안에서 살아 움직이는 강렬한 경험. 그것을 보는 게 소중했다.

그는 자신의 진주, 그러니까 그가 사랑하고 좋아한 사람들의 흔적과 유물로 가득한 그 자루와 춤을 추었다……. 나는 질투심을 느꼈다. 아직 그 정도로 사람을 좋아해본 적이 없었기 때문이다.

천장에 고정한 샌드백이 흔들리면서 생기는 마찰음과 실험실의 붉은 전구에서 나는 미세한 윙윙거림이 음악처럼 울렸다. 나 또한 그의 곁으로 다가가 춤을 출 수밖에 없었다. 그렇게 강렬한 삶을 가진 그 사람에게 건전한 시기심이 일었기 때문이다.

우리는 거기서 다른 사람들의 인생이 가득 담긴 그 아름답고 이상한 붉은 자루를 가운데 두고 춤을 추었다.

여러분에게 맹세하건대, 나는 춤을 추면서 다시는 경험하지 못할 굉장히 유쾌한 무언가를 느꼈다. 마치 내가 친밀감을 느끼는 모든 사람과 춤을 추려고 노력하는 것 같았다.

그 붉은 자루의 이상한 마찰음과 그 안에 들어 있는 물건들이 나를 꿰뚫고 내 몸의 모든 신경에 도달하는 순수한 에너지라는 느낌이 들었다. 그것은 틀림없는 사실이었다.

게다가 춤을 추면서 조지의 손가락 끝과 내 손가락

끝이 가볍게 스쳤을 때는 샌드백을 통해 63년과 13년의 경험이 합쳐지는 것 같았다. 그만큼 우리 둘의 인생 경험에는 많은 차이가 있었다.

만일 그 순간에 경찰이 나를 찾으러 왔더라면 그를 즉시 체포했을 것이다. 때로 겉으로 보이는 모습은 감정과 진짜 현실을 잘 설명하지 못하기 때문이다.

우리에게 그 모습은 손잡이에 다이아몬드가 박혀 있는 자개로 된 아름다운 편지봉투칼 같았다. 하지만 모르는 사람의 눈에는 값싼 장신구 조각으로 장식된 평범한 단도일 뿐이었다.

우리는 한참 동안 춤을 추었다. 그리고 춤을 멈추었을 때 나는 그를 바라보며 안아주었다.

"너는 집으로 돌아가야 해. 그걸 알지, 그렇지?" 그가 속삭였다.

나는 멍한 시선으로 고개를 끄덕였지만, 그의 말에 따르고 싶지 않았다. 우리가 같이 할 일이 아직 많이 남았기 때문이다……

"그러면 우리가 봐야 할 영화 두 편과 아저씨가 나

에게 가르쳐주기로 한 운동, '처지 바꿔 행동하기' 게임과 내 인생을 바꿔준다는 그 사흘은 어떻게 되는 거죠?" 나는 하고 싶은 게 많은 아이처럼 그 모든 것을 요구했다.

그는 미소를 지었다.

"원한다면 네가 떠나기 전에 영화를 한 편 더 보고 두세 시간 동안 너를 훈련시켜줄게." 그는 계속해서 해결책을 제시했다. "게임에 관한 건, 앞으로 너는 너에 대해 나보다 더 잘 아는 사람을 만날 거라고 확신해…….그리고 그 사흘은 우리가 함께 춤춘 이 20분의 강도를 절대 넘어설 수가 없어. 강도는 시간이 아니라 사람이 품고 있는 감정이 정하지……."

이어서 그는 우리가 방금 현상한 신비롭고 마음을 사로잡는 그 여성의 사진을 집어서 자신의 진주 모자이크에 합류시켰다……. 지금보다 훨씬 더 이전 연도의 그룹으로.

그리고 내 사진을 집어서 현재에 자리 잡게 했다. 그해 그의 첫 진주였다……. 나는 행복했다.

나는 그의 사진을 집어서 간직했다. 다이아몬드 하나를 발견했다는 확신이 들었다.

그리고 그는 약속을 지켰다. 나는 그가 약속을 지키리라는 걸 의심하지 않았다.

그는 내게 두 시간 동안 쉬지 않고 운동하는 법을 가르쳐주었는데, 첫 번째로 가르쳐준 것은 목을 움직이는 법이었다. "모든 것이 목을 통과해……." 그가 말했다. "목을 잘 움직이면 네 모든 세상이 잘 풀릴 거야. 목을 통해 육체와 마음이 연결되니까……."

그러고는 우리 몸이 얼마나 약한지 이야기해주었는데, 강제로 바꾸려 하면 저항을 한다고 했다.

"너는 너 자신의 몸과 싸워야 하고, 이 모든 것이 너를 위한 일이라고 이해시켜야 해. 몸은 우리의 최대 적인 동시에 최고 동맹군이지." 그가 설명했다.

"몸은 있는 힘을 다해 불평해. 그러나 통증은 고작 4초나 5초 동안만 지속돼. 이 사실을 기억하렴. 고통은 순간이야. 너의 적이자 동맹군이지."

몸과 마음에 대한 그 인상적인 강의가 끝난 뒤 나는

갑자기 한마디를 내뱉었다. 내 평생 이런 말을 하리라
고는 전혀 예상하지 못했다. 이렇게 자기 스스로 결코
말하지 않으리라 약속하고 맹세했는데 어느 순간 그
말을 하고 있는 자신을 발견하는 것은 놀라운 일이다.
이상하고 기분 좋은 감정이다. 매우 이상하고 매우 기
분 좋은…….

"전 키가 자라지 않을 거예요."

그는 아무 말도 없었다. 나를 그냥 위아래로 세 번
바라보았다.

"넌 거기서 벗어나고 싶니?" 그가 물었다.

그의 반응은 놀라웠고, 동시에 나를 사로잡았다…….
나는 그에게 대답하기로 마음먹었다.

"네, 어머니가 살아 계실 때 그러겠다고 약속했거든
요. 제 부모님도 똑같았어요. 스스로를 자랑스러워하셨
지만 어머니는 저를 임신했을 때부터 제가 거구일 거라
고 생각했대요. 하루는 제가 어머니에게 말했어요. '엄
마를 위해서 키가 클게요'라고요. 어머니는 행복에 겨
워했고 그분 몸의 모든 털이 곤두섰어요……. 저는 정

말 털이 전부 곤두섰다고 확신해요⋯⋯!"

어떻게 시작되었는지 모르겠지만 내 얼굴에서 눈물이 흘러내렸다. 그러나 그는 내 울음에 동요하지 않았다. 그저 나를 매우 진지하게 바라보기만 했다. 내 슬픔에 공감하는 것 같지 않았다. 그러나 나는 그가 내게 단순한 위로가 아닌 영원한 충고를 해주기를 바랐다고 생각한다.

"이 세상에 불가능이란 없단다, 청년 다니. 아무것도. 네가 크기를 원하면 네 몸이 클 텐데, 그건 몸이 네 동맹군이기 때문이고, 그러려면 너는 네 몸 안에 다른 사람이 살도록 놔두어야 한단다⋯⋯. 네 안에서 넌 항상 키가 작을 거야. 거대한 체구를 가진 난쟁이⋯⋯."

그는 나를 '청년 다니'라고 했다⋯⋯. 그가 발음한 그 구절들이 내가 마르틴의 말에서 전혀 이해하지 못한 그 구절과 일치한다는 것을 깨달았다⋯⋯. 마르틴이 죽음의 문턱에서 몇 차례 반복한 그 소리들은 내가 방금 들은 그 구절들과 같은 어조, 같은 강도였다.

마치 외국 영화를 더빙하는 것 같았다. 마르틴은 자

신의 마지막 순간에 이해할 수 없는 언어로 말했지만 지금 조지가 그 말을 이해하고 통역하는 것 같았기 때문이다.

"거인의 몸 안에 있는 난쟁이······." 이 말이 이상하게 들리지 않았다. 마르틴이 내게 마지막으로 해주려 했던 말이라고 생각한다······. 그 말은 내가 완전하다고 느끼게 해주었다.

"그럼 당신은 누군가요?" 내가 물었다.

그는 미소 지었다.

"겁쟁이 몸 안에 있는 전투사······."

왜 그런 정의를 내리는지 묻지 않았다. 우리는 1층으로 올라갔다. 그것이 도주의 마지막이었다. 거기서 나의 도주가 끝났다. 의심할 나위가 없었다.

그는 내게 집으로 돌아갈 페리 값을 주었고, 나는 그에게 카프리 카지노 룰렛에 대한 마르틴의 메모지를 선물했다. 숫자 12와 21에 걸고 게임을 해야 했다. 나는 그가 그 숫자에 걸고 게임을 할지, 과연 효과가 있을지 알 수 없었다. 그러나 페리 값만큼은 되리라고 확신했다.

우리가 작별하는 동안 거리에서 오케스트라 소리가 들려왔다. 카프리에서 축제가 열린 것이다. 바깥에서는 대규모 축제의 멜로디가 들려왔지만, 우리는 집 안에서 완전히 침묵한 가운데 작별했다. 소리의 대조가 멋지고 기이했다. 내부의 절제된 향수와 외부의 전염성 있는 행복.

나는 집을 나서 해변까지 그 밴드 뒤를 따라갔다. 천천히 서두르지 않고 따라갔다. 그들은 나와 동행해주었고, 나는 길을 잃지 않기 위해 그들이 필요했다.

나는 조지를 다시 보지 못했다. 그 뒤로 한 변호사에게서 그가 세상을 떠났다는 편지를 받았다. 나는 또다시 심장을 찌르는 듯한 고통을 느꼈다. 마치 그의 영혼이 내 영혼과 융합하는 것 같았다. 아니면 내가 그렇게 느끼기를 바랐던 것인지도 모른다. "내 아들이 다른 아들 안에 있다……. 네가 원하면 네 거다."

나는 그 글을 보고 많이 울었는데, 그가 내게 약속한

것처럼 내가 자랐기 때문이다. 나는 많이 자라서 내 어머니가 바라던 거구가 되었다. 그러나 그가 예언한 대로 속으로만 그랬고 겉으로는 변함없이 키가 작은 아이였다.

내가 페리를 타고 카프리에서 멀어질 때 다시는 돌아오지 않을 거라고 생각했던 기억이 난다.

"행복했던 곳으로는 다시 돌아가지 마……." 이런 노래 가사가 있다. 그건 아이러니일지도 모른다.

18
어른이 되어 돌아온
키 작은 아이

나는 다시 카프리로 돌아왔다. 페리가 항구로 들어섰다. 이번에는 내가 칠 샌드백이나 따라갈 음악 밴드도 없었다.

27년이 지났고, 이제 나는 실종된 아이가 아니라 실종된 아이를 찾는 사람이었다.

나는 동요하지 않으려고 했지만 그럴 수 없었다. 그 섬에 다시 발을 내딛는 것은 전혀 예상하지 못한 꿈만 같은 일이었다.

키 작은 아이가 어른이 되어 돌아왔다. 그 아이가 어른이 되어 돌아왔다…….

아이 아버지는 아이가 실종된 장소에 다시 오게 되어 풀이 죽어 있었지만, 반대로 나는 나 자신을 발견한 곳에 다시 돌아오게 되어 힘이 났다.

우리는 곧장 그의 집으로 갔다. 그의 집은 조지의 집과 멀리 떨어져 있었는데, 정반대 위치라고 할 수 있다.

저택 문에서 거의 100살쯤 되어 보이는 노부인이 우리를 기다리고 있었다. 나는 그때까지만 해도 그 노부인이 몇 시간 뒤 내 인생에 대한 강도 높은 질문과 볼레로 이야기를 해주리라곤 상상조차 하지 못했다. '네가 나에게 오라고 하면…….'

처음에는 그저 실종된 손자를 걱정하는 안쓰러운 할머니일 뿐이었다. 나는 그녀에게 별다른 관심을 보이지 않고 형식적으로 인사했지만, 그녀는 내가 열 살과 열세 살에 느낀 것과 같은 강도로 내 손을 꽉 잡았다…….손마디를 관통해서 내 영혼에 닿는 그런 종류의 에너지였다.

"그 아이를 찾으면…… 당신 자신을 찾도록 도와줄게요." 그녀가 말했다.

나는 뭐라고 대답해야 할지 몰랐다. 아이 아버지는 나를 그녀에게서 떼어놓았다.

"신경 쓰지 마세요." 그는 내게 경고했다. "손자 때문에 걱정이 많으세요."

그러나 나는 이미 그녀를 믿었다. 그녀가 내게 한 말이 사실임을 알았다. 나는 집 안으로 들어가면서 멀어지는 동안 그녀를 바라보았다.

바로 그때가 카프리의 힘을 깨달은 순간이었다. 그 섬에는 내 다이아몬드들, 내 본질을 끌어당기고 내가 방황할 때 나를 회복시켜주는 무언가가 있었다.

다른 아들 안에 있는 조지의 아들을 찾으러 갈 꿈을 꾸었지만, 지금은 그럴 때가 아니라는 걸 알았다. 지금 다른 것은 전부 부차적인 문제들이다. 내 인생, 내 문제, 내 애인……

오직 그 어린아이가 중요하고, 여러분에게 맹세하건대 그것 말고 다른 동기는 필요하지 않았다. 나는 항상 내 일을 잘했다. 내가 잘하는 유일한 일이었다.

"정말 아이의 방을 꼭 봐야 하나요?" 아버지가 물었다.

"봐야 합니다……. 매우 중요해요. 기본적인 거지요."

봐야 한다, 봐야 한다……. 그 'must'란 단어가 내게 다시 돌아왔고, 그녀에 대한 기억도 함께 돌아왔다. 그녀는 지금 어디에 있을까?

이제는 더 이상 그녀를 걱정하지 않아도 될 것 같았지만, 아직은 그러고 싶지 않았다.

나는 항상 우리가 우리 인생에서 가장 중요한 사람들을 아직 만나지 못했다고 생각했다. 존재하지 않기에 그들이 자동차에 치였는지, 그들의 사랑하는 사람이 죽었는지, 그래서 슬픈지 아니면 버림받았는지 염려하지 않아도 된다.

그들은 아직 우리 세계에 존재하지 않고, 그래서 그들의 슬픔과 행복은 우리 것이 아니고 우리에게 영향을 끼치지 않는다. 우리가 그들을 만날 때까지. 그리고 우리가 그들에게 일어난 일을 알 때까지…….

이제 나는 우리가 잃어버리고 되찾지 못하는 사람들

에게도 동일한 일이 일어난다는 것을 깨달았다. 그들에게 무슨 일이 일어나고, 그들이 무슨 걱정을 하는지 잊어버려야 한다. 그러나 나는 잊어버리고 싶지 않았다. 보통 사람들은 생존하기 위해 잊어버리려 한다. 그렇다면 나는 생존하기를 원치 않는 것일까.

우리는 아이의 방으로 갔다. 그 방문을 보는 것은 충격이었다. 문짝에 걸려 있는 문패가 아이 이름이 이잔이라는 것을 외치듯 알려주었다. 정말 그 이름이 나를 관통했다…….

방으로 들어가자 피가 얼어붙는 것 같았다. 그 방 천장에는 별이, 벽에는 우주 그림이 그득했다.

그 방 안으로 들어가는 것은 마치 우주로 들어가는 것 같았다.

"이잔은 우주를 좋아했어요." 아버지가 말했다.

우주를 좋아했다…….누군들 안 그러겠는가? 아버지가 불을 끄자 인상적인 광경이 드러났다.

방 가운데 있는 내가 우주의 중심인 것 같았다. 내 털들이 곤두섰는데, 이번에는 절대 속임수가 아니라

190

진짜였다. 그 모든 것이 내게 큰 충격이었다.

　이름이 이잔이고, 우주를 좋아하고⋯⋯. 음악만 빠져 있다.

　방에 오래된 전축이 자리 잡고 있었다. 내가 전축을 켜자 소리가 흘러나왔다. '더 쇼 머스트 고 온$^{The \ show \ must}$ $^{go \ on}$', 퀸이 프레디 머큐리의 병을 극복하려고 만든 멋진 곡이다. 앞으로 계속 나아가려고⋯⋯.

　나는 그저 우연의 일치라고 생각하면서도 그 모든 것을 믿을 수 없었다. 왜냐하면 아이의 세계가 나와 내 애인의 세계와 일치했기 때문이다.

　그리고 무엇보다도 우리 아이의 세계와⋯⋯.

　그렇다. 그 방에서, 불이 꺼지고 내 주변을 도는 그 우주 때문에 나는 마침내 내 아들, 그러니까 우리가 헤어진 이유에 대해 여러분에게 이야기할 수 있다.

　비록 그것을 인정하고 싶지 않다 하더라도⋯⋯.

19
헤어지는
수많은 이유 중에도
가장 중요한 이유가
있다

이미 나는 여러분에게 우리가 헤어진 이유가 열다섯
가지쯤 있을 거라고 이야기했다. 거짓말이 아니라 정
말 그런 이유가 있다…….

그러나 언제나 한 가지 이유가 우세했는데, 늘 똑같
았다. 13년 동안 이어진 우리 관계에는 항상 어린아이
가 있었다. 내가 그녀를 만난 것은 스물일곱 살 때였는
데…….

여러분에게 전부 이야기해야겠지만, 참 힘든 일이다.

어디서부터 시작해야 할지 모르겠다…….

나는 카프리에서 실종된 아이의 방에 있었지만, 내 머리는 우리가 갖지 못한 아이의 방에 있다고 믿었다.

우리는 그 아이를 이잔이라고 부르려 했다. 그 이름은 그녀와 내가 아이에 대해 처음으로 내린 결정이었다. 우리는 깊이 생각하지 않고 그렇게 합의했다. 그때 우리는 메노르카 섬에 있었다. 새벽이었고, 우리가 만난 지 3년이 되던 해였다. 우리는 아이를 가질 수 있을지 이야기하고 있었다.

등대 옆 해변의 이름을 생각하자 곧바로 우리에게 이잔이라는 이름이 떠올랐다. 놀라운 점은 우리가 그 이름을 동시에 말했다는 것이다. 그렇게 의견 일치를 본 뒤 우리는 그 아이가 어떤 아이일지 상상하기 시작했다.

그날 섬에는 이상한 바람이 불었고, 우리 생각과 우리 꿈이 금세 바람결에 실려 바닷속으로 빨려 들어간 것을 기억한다. 우리는 그 거대한 바람이 우리 소원을 이루어주리라는 기대를 품고 우리가 원하는 아이를 바람에게 구하기로 했는데, 누가 했는지는 기억이 나지 않는다.

이런 건 사랑에 빠진 연인들이 하는 행동이다. 나는 그러한 연인들의 의식을 좋아한다. 그들만의 유일한 의식이기 때문이다. 아무도 그것을 빼앗거나 탈취할 수가 없다.

나는 내가 남들과 다르다는 것을 안다. 바로 내 생각을 잘 표현하지 못한다는 점이 그러하다…….

그러나 그녀, 우리 이별, 이잔…… 절대 가져보지 못했지만 어떤 아이일지, 무엇을 좋아할지, 어떤 사람이 될지 우리가 꿈꿔온 그 아이에 대해 이야기하는 것은 꽤 가슴 아프다…….

메노르카 섬 해변에서 우리는 완벽한 아이를 꿈꿨다. 앞으로 2년 안에 태어날 거라고 예상한 그 이잔은, 그러나…… 결코 우리에게 오지 않았다.

그녀는 그날 밤 메노르카 섬에서 이잔이 별과 우주를 좋아하길 바란다고 말했다. 그래서 그 아이의 방을 우주로 꾸며줄 수 있기를……. 하지만 그것은 메노르카 섬의 바람에게 거는 희망일 뿐이었다. 그 바람이 카프리에 이르러 현실로 이루어진다는 게 가능할까?

그 실종된 어린아이의 나이는 우리가 상상 속에서 임신한 이잔의 나이와 같았다. 우리가 그 상상의 아이에 대해 얼마나 많은 이야기를 나누었는지는 정확히 기억이 나지 않는다.

내가 마지막으로 기억하는 것은, 내가 언젠가 전축을 갖게 되면 그 아이가 '더 쇼 머스트 고 온'이라는 노래를 무척 좋아하기를 바랐다는 것이다. 그 노래는 내가 좋아하는 노래 중 하나였다.

우리는 우리 아들이 우리 세계를 인간적인 면, 직업적인 면, 심지어 음악적인 면에서도 좋아하기를 바랐다. 그렇게 우리 길을 따라오고 싶어 하기를…….

그러나 이잔은 우리에게 와주지 않았다. 절대로…….
그것이 우리의 큰 문제였다. 처음에는 전통적인 방법으로 시도했지만 임신이 되지 않았다. 이후로도 우리는 2~3년간 노력했지만 결실이 없었다.

처음엔 단지 무언가가 이상하다고 여겼던 것이 트라우마로 변해갔다. 시간이 흐를수록 섹스를 하는 것이 아이를 갖기 위해 해야 하는 의무가 되었다.

우리는 여러 가지 시도도 해보고 시간도 바꿔보다가, 마침내 누가 문제인지 알아보기로 했다.

문제는…… 문제는 쉽게 해결이 될 것 같았다……. 심지어 아이를 별로 원하지 않는다고 말하는 연인들도 있었으니까.

반면에 우리는 우리 문제가 어디에 있는지 알지 못했다. 왜냐하면 그것은 이미 수색이 아니라 사냥이었기 때문이다. 검사결과 우리 둘 다 문제가 없었다. 의사는 우리 문제가 심리적인 것이라고 알려주었다.

그러나 그 진단은 우리에게 도움이 되기보다 오히려 우리를 강박관념에 사로잡히게 했다. 신체적으로 건강한데 어떻게 정신적인 이유로 아이를 임신할 수 없는가?

정신적 문제가 아니라 누군가에게 문제가 있었다면 차라리 모든 게 더 쉬웠을 것이다.

그런 경우 책임이 있는 사람, 즉 임신이 불가능한 사람이 기분 좋지 않으면 상대가 그를 도와주려고 최선을 다할 테니 말이다. 책임이 있는 사람은 상대에게서 그 이상 바라는 것이 없다. 그러나 우리 경우처럼 둘 다 고통을 겪으면 누가 우리를 도와줄 것인가?

힘든 시기였다. 섹스는 특정한 방법과 배란에 개입하는 몇 가지 주사를 맞은 후에 실현해야 할 과제가 되었다. 우리는 가능한 모든 방법을 다 시도해보았고, 모든 통계 수치를 갱신했다. 갈수록 기회는 줄어들었고, 치료법도 얼마 남지 않았다.

우리는 가장 간단한 방법이 아니라 복잡한 방법을 사용하고 있었다. 즉 전통적인 섹스를 하는 게 아니라 실험실에서 정자와 난자가 서로 사랑하도록 나와 그녀가 도울 수 있는 것을 전달하는 방법이었다.

우리는 없이 정자와 난자만이.

성공도 거두지 못한 채.

우리는 서로 다른 세 가지 방법의 열다섯 가지 가능성 가운데 단 하나의 성공 기회만 남겨놓고 있었다.

거의 5년 동안 우리에게 섹스는 존재하지 않는 것으로 변했다. 5년 동안 한 방에 가서 내 정자를 제공하는 것이 하나의 일상이 되었고, 몇 시간 뒤 내가 제공한 것의 속도와 질과 양에 대한 보고서를 받으러 갔다.

내게도 이 과정은 복잡했지만 그녀에게는 더 그러했다. 늘어난 체중과 좌절감, 수정란 이식……. 이러한 부작용이 너무 많아서 좌절하지 않고는 다 나열할 수 없을 정도였다.

마지막 단계로 남아 있던 실험에 계속 참여했지만, 우리는 그것에 대해 이야기를 나누지 않았다. 금기시되는 주제였기 때문이다. 이러한 방법으로 자녀를 얻은 사람들도 그들이 겪은 험난한 여정에 대해 설명하지 않았다.

게다가 하나 추가해야 할 것은, 아이를 갖는다는 생각을 할 때마다 내가 항상 힘들었다는 사실이다. 나는 우리 아이가 나와 닮은 아이가 되어 나올지도 모른다는 상상 때문에 고통스러웠는데, 정상이라고 해도 이 세상은 키 작은 사람들을 위해 만들어지지 않았기 때문이다.

우리가 도달하기에는 모든 것이 너무 높았다.

여러분은 내가 지금 한 이야기 때문에 우리가 헤어졌다고 생각할 것이다. 그러나 나는 그렇기도 하고 그렇지 않기도 하다고 말해야 한다.

무언가 일어났고, 그 일이 내게 마르틴과 조지를 다시 기억하게 했다. 나는 그들을 내 기억 속에 묻어두었는데 말이다.

나는 그들을 잊어버렸으며, 열 살과 열세 살 시절의 그 기억들은 내가 성장하면서 내 곁을 떠나 사라져버렸다. 작은 키에서 벗어나자 그들을 잃어버린 것이다. 그들은 그렇게 잊힌 채 내 안에 작은 아이와 함께 머물러 있었다.

그러나 그 일이 일어났을 때…… 그들은 진주, 폴라로이드, 룰렛, 마네킹, 그리고 샌드백과 춤을 추면서 다시 내게 돌아왔다. 시간이 내게서 그 모든 것을 빼앗아 갔다는 사실이 놀라웠다.

사실 의사는 마지막 단 한 가지 치료를 남겨두었을 때 우리가 임신에 성공했다고 알려주었다. 우리 인생에서 가장 행복한 순간이었다. 우리는 거의 미칠 지경이었다. 우리는 섹스, 우리만을 위한 섹스를 다시 하기까지 했다.

그러나 여섯 달 뒤에 그 아이를 잃었다……. 우리는 그 이유를 몰랐다. 그러나 우리에게는 한 가지 가능성이 남아 있었다. 여의사는 비록 불행한 일이긴 하지만 그 한 번의 성공이 수정의 가능성을 보여준다고 믿었다. 우리는 마지막으로 그것을 시도해보기로 했지만, 바로 그때 의사는 내가 극복할 수 없는 말을 전해주었다. 우리가 잃어버린 아이에게도 왜소증이 있었다는 것이었다……. 나는 그런 일을 예상하지 못했다. 충격적이었다. 나는 나와 같은 아들을 원치 않았다.

바로 그 순간 나는 키 작은 아이로 돌아갔고, 내가 그때 알게 된 그 다이아몬드 둘을 기억했다. 그들의 가르침과 조언은 내가 계속 자라게 해주었다. 그러나 내 아들은 그러한 행운을 얻지 못할 것이고, 자기 자신을 신뢰할 수 있게 도와줄 그 진주들을 만나지 못할 것이다.

그 점이 나를 억눌렀다. 그래서 나는 마지막 처치를 받지 않기로 결심했다. 우리에게는 수정할 기회가 한 번 더 남아 있었지만 나는 계속하고 싶지 않았다. 갖게 되리라고 확신할 수 없는 그 아이를 원하지 않았다. 게다가 열네 번째 이후로는 성공률이 매우 낮다고 했다.

나는 거부하기로 결심했다. 거기서부터 우리의 모든 것이 차츰 파괴되었다. 연인으로서 우리는 방황했다.

나는 일에·몰두했다. 다른 잃어버린 아이들을 찾아서…….

여러분은 세상이 여러분을 지배하고, 주변의 모든 것이 원하지 않는 방향으로 돌아가고, 어느 누구와도 편하지 않고, 생각 자체를 하고 싶지 않은 경험을 해보았을 것이다.

내가 바로 그런 자포자기 상태였다. 여러분이 만일 모든 것이 그저 그렇고 중요한 게 별로 없는 상태를 느껴보았다면 이해할 수 있을 것이다.

그녀는 내가 다른 아이들을 찾아다니게 내버려두었다. 그리고 그녀가 모든 서랍을 비우고 집을 떠난 바로 그날, 그녀가 내게 최후통첩을 했다……. 우리 아이를 찾든지, 아니면 떠나든지.

나는 그녀에게 우리 아이를 찾고 싶지 않다고 했다.

그녀가 나를 버렸을 때 나는 다시 몸이 쪼그라드는 걸 느꼈고, 나의 그들에게 돌아가야 했다. 조지와 마르틴……. 그들과 함께 있을 때 나는 사람으로 설 수 있었고, 그들이 없으면 나는 무너졌다.

또 다른 이잔의 방에서 나는 처음으로 우리가 아들을 잃었다는 것을 느꼈다. 그러나 한편으로는 우리 바람이 다른 누군가에게 현실로 이루어진 것을 보고 매우 감격스러웠다.

"이제 납치범이 보낸 편지를 읽어보겠소?" 아이 아버지가 말했다.

내가 다시 그 철통같은 'must'를 해야 한다는 것을 알았다. 가족을 슬픔에 잠기게 한 그 실종된 이잔에 집중하고, 나를 나 자신에게서 멀어지게 하고 내 모든 두려움을 의미하는 다른 이잔은 잊어버려야 한다.

20
너 자신이 되든지,
아니면 네가 그러리라고
믿는 사람이 되어라

나는 다시 여기 비어 있는 방 한가운데 서서 두 가지 상실을 느낀다.

아들을 잃어버렸던 내 과거는 그 방을 찬찬히 살펴보게 했다. 나는 침대에 앉았다. 아이 아버지가 나에게 편지를 건넸다. 에어리얼 서체 12포인트로 쓰인 전형적인 글로 단서도, 특색도 없는 편지였다. 이전에 다른 사건들에서 읽었던 많은 편지와 다를 게 없었다.

그러나 이 편지는 몸값을 요구하지 않았다. 단지 자

신을 존중해줄 것과 아버지의 공개적인 정정 보도를 원했다. 즉 의사들에게 그를 다른 사람으로 착각했다고 설명해달라는 것이었다.

그 요구는 정말 새로웠다. 나는 편지를 계속 읽어나 갔다. 편지 속 남자는 아이 아버지가 자신에 대한 아무 증거가 없음을 알면서도 남색을 한 벌로 8년형을 선고했다고 했다. 그것은 매우 특이한 사항이었고, 편지에서는 열정도 느껴졌다.

나는 아이 아버지를 바라보았다.

"이런 사람이 정말 있나요?"

그는 내게 경찰 기록을 건네주었다.

"정말 경찰에 신고하지 않았나요?" 내가 물었다.

"편지에 신고하면 아이를 죽이겠다고 했어요." 그는 내 눈길을 피하면서 대답했다.

나는 편지를 계속 읽었는데, 그 경고는 아이 아버지의 말과 일치했다.

편지에서는 수정된 내용을 발표해야만 아이를 풀어주고, 그러지 않으면 자신에게 기소한 대로 될 거라고 했다. 그 범죄의 피해자는 이잔이 될 것이다.

그 협박을 두 번 읽었다. 전율을 느껴서 한 번 더 읽었다. 아이 아버지에게는 아무 말도 하지 않았다. 그 주제에 대해 이야기하는 것은 그에게 고통스러운 일일 테니까.

남색자의 사진을 보려고 경찰 보고서를 집었다. 지극히 평범한 얼굴이었다. 그를 기소하고 고발한 아이의 사진도 있었다. 아이는 학교에서 수영장을 관리하는 피의자에게 성폭행을 당했다고 진술했다. 일어난 지 거의 8년이 지난 사건이었다.

"아이의 진술이 사실인가요?" 나는 아이 아버지에게 판사의 의견을 들으려고 물었다.

그는 자세한 얘기는 하지 않고 고개를 끄덕였다.

"어떻게 그렇게 확신할 수 있습니까?" 내가 주장했다.

"아이가 상세히 진술한 정황, 아이의 시선, 아이의 두려움 때문에요……. 모든 상황적 증거가 아이의 말이 확실하고 그가 아이를 성폭행했음을 입증해주지요."

"정정할 생각은 안 하셨나요?"

"아니요, 그렇게 할 수는 없어요. 그 아이의 의견을 존중해야 해서……."

"그 아이와 얘기를 나눌 수 있을까요? 아직도 카프리에 사나요?"

"그 남색자 납치범의 말을 믿는 겁니까?" 아이 아버지는 화가 난 목소리로 물었다.

"아니요, 그러나 적어도 우리에게 요구하는 것에 대해 조치를 취해야 합니다."

나는 편지의 일부분을 읽었다.

"니콜라스와 얘기해서 왜 거짓말을 했는지 물어보시오……."

아이 아버지는 잠깐 동안 말없이 있었다. 그는 내 아이디어가 전혀 마음에 들지 않는 듯 보였지만 결국 덧붙였다.

"좋아요. 그를 만나도록 조치를 취하겠습니다. 나도 같이 가지요."

"혼자 가고 싶습니다." 내가 대답했다.

그는 더 주장하지는 않았지만 당혹스러워했다. 나는

그런 그의 태도에 안도했다. 내가 그 아이와 얘기를 나눌 때 판사인 실종 아동의 아버지와 함께 있고 싶지 않았기 때문이다.

"당신에게 차를 내주고 그 소년의 부모 주소를 주겠소. 카프리 지리를 아시오?"

나는 고개를 끄덕였다. 조금은 알았기 때문이다. 우리는 방을 나섰다. 내가 문을 닫으려 하자 아이의 아버지가 막았다. 그는 아이가 돌아왔을 때 자기 방문이 열려 있는 것을 보기를 원했다. 그 섬세한 행동이 나를 감동시켰다. 나는 그에게 편지를 돌려주었다.

"공개적으로 정정을 하라고 요구한 기한이 두 시간밖에 안 남았어요. 그 내용을 읽었나요?" 그는 그 통보가 초래할 결과에 대해 두려워하며 내게 물었다.

"압니다, 알아요……."

나는 차에 올라탄 후 내비게이션에 주소를 입력했다. 그리고 내 반지를 만진 뒤에 어디선가 역시 방황하고 있을 그 다른 소년을 찾아서 떠났다.

아이의 아버지는 담장 너머로 멀어져가는 나를 바라

보았다. 공포에 질린 기색이었고, 편도 수술을 앞둔 아이의 공포심보다 훨씬 더 큰 두려움을 느끼는 것 같았다. 그리고 나는 노부인을 보았고, 먼 창문에서 그녀의 에너지를 감지했다.

모든 해답을 가진 그 소년의 이야기를 들어봐야 했다. 그가 거짓말을 하지 않았다면 아이의 목숨이 위험하다. 나는 책임감과 두려움을 느꼈다. 두 시간은 그가 간직해온 8년의 거짓을 고백하기에 너무 짧았다. 게다가 분명히 그 거짓말은 다른 많은 거짓말과 섞여 있을 것이다.

가는 길에 애인에게 전화를 걸어 우리가 섬의 바람으로 만든 아이를 찾았다고 말하고 싶었으나, 그럴 때가 아니라는 것을 알았다.

그리고 이런 종류의 일을 맡은 뒤 처음으로 실종된 아이의 협탁 서랍을 뒤져보지 않았다는 사실이 생각났다.

나는 나와 관련된 생각을 거두고 사건에 다시 집중했다. 그 순간에는 많이 긴장되고 일종의 게임처럼 느

껴졌다. 시간이 촉박한 게임 같았다……. 재빠르게 전
략을 생각해내야 했고, 120분이라는 시간이 지나기 전
에 실행해서 최후통첩을 완수해야 했다. 자칫 잘못했
다간 절대 일어나서는 안 될 일이 일어날 수 있었다.

문득 아이디어가 떠올랐다. 이상하기는 해도 효과가
있을 것 같았다. 나는 판사에게 전화를 걸었다.

"소년이 집 밖에서 나를 기다리게 해주세요. 함께 갈
곳이 있어서요."

내 머릿속에 떠오른 생각이 좋은 아이디어기를, 제
발 그러기를……

편지 한 통에 모든 것을 걸고 있음을 인식하면서 액
셀을 밟았다. 아마도 그것이 마르틴이 말한, 끝없는 열
정을 즐기는 게임이리라……

이 게임에 행운이 있기를 기대했다. 액셀을 더 밟았
다…….

21
다른 아들 안에 있는
나의 아들

하얀 집 앞에서 니콜라스를 태웠다. 지금 나이가 열다
섯 살이 안 되니 성폭행을 당했을 때는 일곱 살이었을
것이다.

니콜라스는 아무 말도 없이 나를 바라보더니 의무적
으로 차에 올라탔다. 아마 이잔도 같은 감정이었을 것
이다. 내가 납치범이 된 기분이었다.

소년은 조수석에 앉았지만 아무 말이 없었다. 나도 소
년에게 말을 걸지 않았다. 매우 매력적이고 키가 큰 금

발 소년이었다. 그 소년은 나를 곁눈질로 바라보았다.

나는 머릿속에 생각해둔 장소로 향했다. 그의 부모와 그들의 영향력에서 멀리 떨어진 낯선 장소로 갈 필요가 있었다. 나는 그런 장소로 적합한, 이상적인 곳을 알고 있다고 확신했다.

게다가 자신이 거짓말을 했다면 내게 진실을 털어놓고 싶으리라는 것을 그 에너지에서 감지해 알 수 있었다. 그러나 바라는 것과 본능은 달랐다. 자기 욕망을 거스르는 것은 어렵다.

우리는 침묵을 지키며 계속 갔다. 시간이 빨리 흐르는 것을 느꼈다. 이잔을 생각했다. 내 아이디어가 효과가 있기를 바랐다…….

마침내 카프리의 등대에 도착했다. 마르틴이 사랑하는 아들이다……. 우리는 차에서 내렸고, 소년은 멀찍이 거리를 둔 채 나를 따랐다. 나는 등대로 다가갔다. 출입문이 열려 있었다.

나는 안으로 들어가서 내가 아는 가장 귀중한 소지품, 조지의 아들인 붉은색 샌드백을 꺼냈다. 조지는 나를 속이지 않았다. '내 아들은 다른 아들 안에 있다.' 조지가 어떻게 그 등대가 마르틴의 아들이라는 것을 짐작했는지 모르겠지만, 내게는 전혀 이상한 일이 아니었다.

"이 샌드백은 나의 위대한 친구의 것이란다." 내가 소년에게 말했다. "그는 이 샌드백이 많은 것을 위해서 쓰인다고 설명해줬어. 그러나 무엇보다 너를 더욱 용감하게 해주고, 너의 모든 분노를 끄집어내는 데 쓰이지.

때로 세상은 매우 복잡해 보인단다. 결정적인 조각이 등장할 때까지 네가 이해할 수 없는 퍼즐처럼 말이야…….

내 말 잘 들어, 니콜라스. 이잔을 찾아야만 해…….

나는 그 아이를 모르지만, 몇 시간 전에 헤어진 내 여자친구와 오래전 한 해변에서 그 아이를 잉태했지…….손자를 다시 보고 싶어 하는 100살 할머니의 충고를 들어야 나는 그녀를 되찾을 수 있어…….

너한테 아무것도 물어보지 않을 거야. 심문도 하지 않고, 벌도 주지 않을 거야. 그냥 이 샌드백을 힘껏 치기만 하면 돼."

소년은 아무 말도 하지 않았다. 아무 말도…….

나는 등대 문에 샌드백을 매달았다. 두 신비스러운 존재가 함께 있다……. 마법이 효력을 발휘하기를 기다려야 했다.

소년은 나를 두서너 번 바라보았다. 내 말에 귀 기울이는 것 같지 않았다.

그러다가 마침내 샌드백 쪽으로 걸음을 뗐다. 나는 그가 어떤 생각을 하고, 어떻게 자신의 분노와 두려움, 그리고 문제를 찾는지 보았다. 소년이 샌드백을 쳤다.

처음에는 약하게, 그러나 차츰 더 세게 쳤다.

샌드백을 칠 때마다 내가 오래전 그 배에서 느낀 점을 그 소년도 감지하는 것 같았다. 소년 역시 그 자루가 자신의 모든 분노를 흡수하면서 자신을 편하게 해준다는 느낌을 받은 게 분명했다.

카프리에서 샌드백과 등대, 일몰의 이미지는 인상적이었다. 그 소년이 끊임없이 해방감의 소리를 지르면서 멈추지 않는 동안 나는 그를 바라보았다.

시간이 흘렀다. 소년은 자기 자신과 계속 싸우고 있

었고, 나는 그를 관찰했다. 샌드백, 등대, 그리고 일몰의 3박자가 그에게서 진실을 끄집어내리라는 것을 이미 알고 있었다.

그리고 마침내 소년은 무너졌다.

울고 또 울었다……. 자루에 매달려 말을 더듬거리고 신음했다. 그 모습이 마치 자루와 춤을 추는 듯 보였다.

나는 거짓말이 소년에게 오래전부터 박혀 있었음을 보았다. 소년은 그 거짓말 때문에 불행했지만, 이제 그의 모든 고통이 떠나갔다.

나는 그를 안아주었다. 그를 이해했다. 어찌 되었든 나 역시 같은 경험을 했다. 우리 둘 다 우리의 진실을 피해서 방황했다.

나는 그때 사건에 대해서는 더 알고 싶지 않았다. 소년이 그런 상황에 놓이게 된 이유를 내가 알 필요는 없었다. 그에게 한없는 애정을 느꼈다…….

나는 이잔의 아버지에게 전화해서 신문에 공고를 내라고 했다. 나는 이잔을 납치해 데려간 사람이 손끝 하나 건드리지 않고 아이를 풀어주리라는 것을 알았다.

그가 자신의 약속을 지키리라고 확신했다.

나는 이제 좀 더 용기를 내서 나의 세 번째 진주, 세 번째 다이아몬드, 세 번째 에너지, 세 번째 분신과 이야기를 하러 가야 했다.

내 인생에 빛을 비춰줄 100살 먹은 그 여인에게…….

22
네가 나에게 오면
나도 갈게

이튿날 아침, 이잔은 자기 침대에 잠들어 있었고, 나는 정원에서 그녀처럼 오래 장수하는 나무들 옆에 나이가 100살인 노부인과 함께 있었다.

구름으로 덮인 카프리의 하늘 아래 잔디밭에서 그녀는 내가 이미 여러분에게 이야기해준 질문을 던졌다.

"당신은 인생의 모든 면에서 행복해지고 싶지 않나요……? 당신은 당신이 원치 않는 것을 거부하고 싶지 않나요……? 남에게 끌려다니며 살기보다는 당신 인생의 주인공이 되고 싶지 않나요……? 당신 인생의 주인이 되고 싶나요, 안 되고 싶나요? 매 순간 당신이 주인이 되고 싶나요, 안 되고 싶나요? 되고 싶지 않나요?"

나는 열정적으로 그렇다고 대답하면서, 그녀가 내 새로운 세계의 길을 가르쳐주기를 바랐다.

오랜 기간 페달을 밟아온 자전거에서 내린 나는 단지 진주 두 개와, 내게 매우 중요한 이 직업과, 키가 작은 아이를 원하지 않아서 산산이 깨져버린 관계만을 갖고 있었다.

내가 보기에 그 아름다운 여성은 내가 자신의 충고를 얼마나 간절히 원하는지 모르는 것 같았다.

내 인생의 그 순간, 누가 뭐라고 하든 내게는 약 2~3년 정도를 버틸 힘만 남아 있었다. 나는 조지나 마르틴의 나이까지는 다다르지 못할 것이다.

그것은 그들을 존경할 수 있는 또 다른 이유였다. 예순 살 나이에 이른 모든 사람은 존경받아 마땅하다고 생각한다. 오래 사는 것은 용기 있는 행동이기 때문이다.

'마음만 먹으면 게임에서 빠져나오기는 항상 쉬운데

왜 우리는 게임을 계속하는 걸까?'라는 생각을 했다.

그 순간 노부인이 내 생각을 진짜로 읽었거나, 아니면 나를 매우 주의 깊게 바라보던 그녀의 눈이 그 생각을 읽었다고 말해주는 것 같았다…….

나는 그녀가 매우 지혜롭다는 것을 알았다. 가장 좋은 것은 그 지혜를 나와 나누기를 바란다는 점이었다.

"내가 당신한테 해주려는 이야기는…….'' 그녀의 목소리가 너무 작아서 나는 그녀 쪽으로 바싹 다가갔다. "내가 당신한테 해주려는 얘기는 당신이 당신 인생의 목표로 삼을 때만 도움이 될 거예요. 만일 그것을 다른 철학이나 원리와 섞으면 아무것도 얻지 못할 거예요.''

나는 꼭 그러겠다고 했다.

"딱 두 가지 개념이죠.'' 그녀의 목소리는 높아졌지만, 이제 나는 그녀의 눈에서 멀어지고 싶지 않았다. "먼저 당신이 남을 사랑하는 것은 항상 남들이 당신을 사랑하는 것보다 훨씬 더 용감한 행동이라는 간단한 원리를 기억하세요. 사랑하는 것은 세상을 변화시키고 멈춘답니다. 남들이 당신을 좋아하는데 당신은 좋아하지 않으면, 당신은 무기력해지지요."

그녀는 카프리의 날이 밝아오는 동안 잠시 말을 멈추었다. 나는 그녀의 말을 그대로 믿었다. 나는 지금껏 살아오는 내내 사랑을 받았는데, 아무래도 그것만으로는 불충분한 것 같았다.

"두 번째 개념이면서 당신의 인생이 앞으로 나아가기 위해 더 중요한 것은, 우리가 어릴 적부터 '나는 무엇을 좋아하는가?'라는 질문에 답하면서 인생을 보냈다는 사실을 깨달아야 한다는 거예요.

나는 어떤 음식, 어떤 옷, 어떤 장난감, 어떤 공부, 어떤 일, 어떤 우정, 어떤 사랑, 어떤 섹스를 좋아하는가…….

그리고 그 '나는 무엇을 좋아하는가'가 우리 세상을 결정짓지요. 우리는 만일 뭔가를 좋아하면 한 방향이나 하나의 희망만을 표시한다고 생각하는데, 그렇지 않다는 것을 알아야 해요.

우리가 좋아하는 것은 우리가 걸어야 하는 길이 아니고, 우리가 좋아하지 않는 것 역시 마찬가지에요. 때때로 우리가 가야 할 방향은 우리가 열정을 느끼지 못하고 싶어하지도 않는 무관심한 쪽일 수도 있어요.

이걸 알아야 해요……. 당신 자신을 신뢰해야 하고, 당신이 좋아한다고 생각하는 것을 신뢰해서는 안 돼요……. 당신이 좋아하는 무언가가 길을 결정하는 게 아니라, 당신이 길을 정하는 거예요……."

그런 다음 그녀는 나를 다시 안아주고 집 쪽으로 가면서 콧노래를 불렀다. '네가 나에게 오라고 하면 다 포기할 거야……. 그러니 오라고 말해줘.' 그녀는 도중에 담뱃불을 붙였다. 여러분에게 맹세하건대, 나는 그 모습을 보는 순간 마르틴이 사랑했다던 카지노의 여성을 떠올렸다. 그녀 같았다……. 멀리서, 그리고 가까이서……. 아마도 그녀일 것이다…….

나는 그녀의 두 가지 충고가 앞으로의 내 인생을 결정지으리라는 것을 알았다. 그러나 그것을 실행하려고 서두르지 않았다. 그 전에 구름 낀 카프리의 아침이 밝아오는 것을 보고 싶었다. 그리고 천천히 나의 행보, 다시 말해 길과 방향을 결정하고 싶었다.

자기 방 창가에서 나를 바라보고 있는 이잔의 시선이 느껴졌다. 내가 돌아서서 인사를 하자 아이 역시 답례를 해주었다.

바로 그 순간, 내가 나의 이잔을 갖고 싶어 한다는 것을 깨달았다.

사랑……. 나는 아들을 많이 사랑하게 될 것이다. 사람들이 나를 사랑한 것보다 더.

아이가 어떠하든, 키가 크든 작든 아이를 보면서 내가 느끼게 될 감정 따위는 상관이 없었다. 내가 좋아하든 좋아하지 않든 그것 또한 상관이 없었다. 다른 사람들의 의견 역시 별 상관이 없었다…….

휴대전화를 들고 그녀에게 보낼 메시지를 입력했다.

"이잔을 갖고 싶어……. 나는 너 없이, 그리고 그 아이 없인 살 수 없어……."

답장을 기다렸다.

2분쯤 흘렀다. 메시지 도착을 알리는 소리가 들려온 순간은 날이 밝아오는 순간과 완전히 일치했다. 밝아오는 아침의 배경음악이었다.

그녀는 이렇게 답했다.

"넌 할 수 있어……."

나는 미소 지었다. 우리만의 코드로 돌아온 것이다, 도망의 끝에서.

아마 그 순간이 도망의 끝이었을 것이다. 몇 년 전 내가 카프리를 떠날 때 생각한 것은 도망의 끝이 아니었다.

나는 미소를 머금고 간절히 바라던 답장을 썼다.

"할 수는 있지만 너 없이는 하고 싶지 않아……. 카프리로 오지 않을래? 네가, 아니 우리가 바람으로 만든 이잔을 만나야 해. 룰렛 돌리는 여자를 사랑한 남자가 좋아하던 등대와 그의 마음을 지배하던 마네킹, 진주와 다이아몬드가 있고 인생의 조각들로 샌드백을 만드는 돌로 된 지하, 그리고 '네가 나에게 오라고 하면 다 포기할 거야. 그러니 오라고 말해줘'라고 말해야 한다는 100살 먹은 놀라운 여자를 만나야 해."

이번에는 메시지를 보내자마자 답장이 왔다. 내 얼굴에서 메노르카의 바람을 느끼는 동시에 한숨처럼 화면을 밝히며 메시지 도착음이 울렸다.

"네가 나에게 오면 나도 갈게."

바로 그때 내 인생은 다시 돌아가기 시작했다…….
오래전부터 하고 싶던 두 가지 일을 천천히 했다. 아버
지의 반지를 검지에 끼고, 곧이어 은으로 도금된 등대
를 잡아서 단안경을 왼쪽 눈에 대고 태양이 나타나면
서 사라지는 구름들을 보았다. 바로 그때 반지에 새겨
진 'Mi'가 힘차게 빛났다.

나는 다시 나 자신을 되찾았고, 세상은 멈춰 있지 않
았다.